edition suhrkamp 2517

Detlef Kuhlbrodt horcht in den Tag hinein, und dann schreibt er Texte wie diese, konkret und komisch, weltentrückt und wetterfühlig, eigenartig im besten Sinne, schön kurz – Singles eben – oder auch nur: schön. Leicht schräge, merkwürdig vertraute Melodien zum Lesen. Ausgangspunkt kann alles mögliche sein, Kopfschmerzen oder der Rhythmus der Kratzer auf einer Schallplatte, ein Frühlingseinbruch im Januar oder die Begegnung mit einem Igel – eine Verwunderung, eine Begeisterung, eine Erschütterung. Das führt zur Beschreibung, zur kleinen Szene, die sich rechtzeitig, bevor es beschaulich werden kann, in einem Witz, einer Moral, einer grotesken Volte aufrollt. Oder in der Sehnsucht, sich »wieder im Unsinn zu verlieren und die Dinge extra ungetan zu lassen, weil sie so aufdringlich wie ein Amerikaner auf ihrem Wichtigsein beharren«.

Detlef Kuhlbrodt, geboren 1961 in Bad Segeberg, schreibt seit den Achtzigern für Zeitungen und Zeitschriften, vor allem für die *taz*, in der die meisten Texte dieses Buches erstmals erschienen sind. Er lebt in Berlin.

Foto: Noel Tovia Matoff

Detlef Kuhlbrodt
Morgens leicht, später laut

Singles

Suhrkamp

edition suhrkamp 2517
Erste Auflage 2007

Originalausgabe

Druck: Druckhaus Nomos, Sinzheim
Printed in Germany
Umschlag gestaltet nach einem Konzept
von Willy Fleckhaus: Rolf Staudt
ISBN 978-3-518-12517-5

1 2 3 4 5 6 – 12 11 10 09 08 07

Morgens leicht, später laut

Frühling

Allein als Hase (Im Kostüm seiner selbst)

Mai 2004

Vor der Bar des kleinen Klubs in der Granseer Straße stand ein Mann in einem braunen Hasenkostüm. Es war sehr flauschig und reichte bis zu den Füßen, also Pfoten. Nur das Kopfteil fehlte. Dieses bestand aus zwei Teilen und war auf zwei andere Männer verteilt, die nebeneinander in der Nähe standen. Der eine hatte einen Pagenhaarschnitt und das Hasengesichtsteil auf seiner Stirn. Der andere hatte Hasenohren an seinem Kopf befestigt und grinste manchmal da- und dorthin mit blauen Augen. Die drei Männer standen da und unterhielten sich. Doch eigentlich schwiegen sie, während die anderen redeten. Oder es war wohl so, daß nur der Schlanke mit den Hasenohren manchmal etwas sagte, während die anderen beiden auf eine unangestrengte Art schwiegen. Die, die schwiegen, hatten runde Gesichter, die auf eine wohlwollende Art ausdruckslos wirkten. Oder es war wohl so, daß sie konzentriert und gefaßt in sich gekehrt schienen und nach außen hin wohlwollend, wie die Idee einer introvertierten, also irgendwie eingesperrten Sympathie. Jemand sagte, der eine Hase sei Musiker und in dem Kostüm schon einmal in Barcelona aufgetreten. Es war aber kein Auftritt, keine Performance, kein Kostümfest; es war wohl so gewesen, daß er an diesem Abend eben einfach sein Hasenkostüm angezogen hatte, bevor er in den Club ging; vielleicht, weil er allein sein wollte, aber doch unter Menschen. Als Hase. Besser als Hasengruppe. Und wenn man zu ihm ging, schaute er einen mit seinen runden braunen Augen an, ohne einen zu fixieren, und schwieg hartnäckig, ohne sein Wissen preiszugeben. Alles stimmte wehmütig und traurig in diesem Frühling. Man fühlt sich ja auch immer unpassend in dem albernen Kostüm seiner selbst. Es wäre alles besser, wenn einem öfter Männer in Hasenkostümen begegneten.

Ritual am Vormittag

März 2004

Der Kopf fühlte sich noch bewölkt an. Sie stand auf, öffnete das Fenster, schaute auf die Straßenkreuzung hinunter und die zwei Männer, die vor dem Zeitungsladen Bier tranken. Die Sonne schien und wurde von den Fenstern der Häuser gegenüber ins Zimmer geworfen. Sie stand auf dem alten Teppich vor dem Bett und begann mit ihren Übungen. Eine Folge verschiedener Figuren aus Yoga und Qigong, eine vierzigminütige Gymnastik, mit der sie jeden neuen Tag zu begrüßen pflegte, seitdem ihre ABM auf den Friedhöfen geendet hatte. Die Übungen waren ein Ritual, das ihren Tagen ein Gerüst geben sollte. Ein anderes waren die Morgenseiten, die sie schrieb, wenn sie allein war. Schreib einfach alles auf, was dir so einfällt, hatte N. gesagt. Oft nahm sie auch das Tarot und zog eine Tageskarte oder stellte sich vor den Spiegel zur Affirmation. Komisch, sich selber so anzugucken, als sei das jemand, mit dem man sich befreunden wollte, und dabei zu sagen, man sei okay. In seinem Zimmer gab es keinen Spiegel, und anfangs hatte sie sich gescheut, ihre Übungen zu machen, wenn sie bei ihm übernachtete, ihn einmal sogar gefragt, ob er nicht fände, daß das komisch aussieht. Wenn sie zum Beispiel auf dem Rücken liegend ihre Hände und Füße ausschüttelte. Sieht doch komisch aus, oder? – Nö. Wenn sie am Sonntag abends Fernsehen guckten, hatte sie manchmal das Gefühl, ein Hund mit nasser Schnauze liege neben ihr. Seine ständige Konfusion machte sie nervös. Und als er sagte, er sähe es nicht ein, nicht mal am Abend einen Joint zu rauchen, »nur so zur Entspannung«, schwieg sie. Sie dachte daran, daß sie sich nie gestritten hatten, während der Rauch aus dem Fenster flog.

Tod eines Maulwurfs

März 2005

Zunächst hatte ich gesehen, wie zwei Autos bremsten, dann sah ich den dunklen Fleck in der Mitte der Straße. Es war vier Uhr am Morgen. Die Kreuzung von Berg- und Veteranenstraße war menschenleer. In der Mitte der Straße saß ein Maulwurf zwischen den Straßenbahnschienen. Er bewegte sich nicht. Etwas Blut und Schleim war auf der Straße. Er blutete vom Schwanz her, der an den der Ratte im Treppenhaus erinnerte, die so hungrig gewesen war, daß sie den Gummi an den Treppenstufen anknabberte und nicht weglief, wenn man die Treppe runterging. Nie zuvor hatte ich einen Maulwurf frei in der Stadt gesehen. Er bewegte sich aber kaum noch. Ich stieg vom Rad und wollte ihn auf die andere Seite der Straße scheuchen. Wenn ich mit meinem Fahrrad hinter ihm war, bewegte er sich nicht. Als ich aber vor ihm ging, das Hinterrad vor seinem Köpfchen, folgte er mir, ein paar hastige Schritte, 30 Zentimeter vielleicht, dann konnte er nicht mehr. Die kleinen Füße, die Krallen und so. Und dann noch mal das gleiche. Kurz vor dem Bürgersteig bewegte er sich nicht mehr. Ich hatte nichts, womit ich ihn hätte in sicheres Gebiet bringen können. Mit der Hand traute ich mich nicht. Das Polizeiauto, das auf der anderen Seite vorbeifuhr, sah ich zu spät. Es wäre besser gewesen, wenn ich es angehalten hätte, wie in einem Kinderbuch. Dann wären freundliche Beamte ausgestiegen, und im Auto hätten sie sicher eine Schaufel gehabt. In einem Film hätten wir nun den Maulwurf begraben. In echt hockte ich da und redete mit dem Maulwurf. Nah am Bürgersteig, doch noch auf der Fahrbahn lag er im Sterben oder war schon tot und reagierte nicht mehr, als ich ihn anstupste. Dann fuhr ich nach Hause.

Verloren

April 2006

Etwas war verlorengegangen, wie immer zu Beginn des Frühlings. Diesmal die Brieftasche. Sie war plötzlich weg, mit allem drin, Geld, Ausweisen, Karten usw. Ich war so vor den Kopf geschlagen, daß ich die Geldkarten erst einen Tag später sperren ließ; zugleich hatte ich das Gefühl, der Verlust habe einen guten Grund, er sei im Sinne des Karmas die Antwort auf falsches Denken, Fühlen und Handeln. Ich wollte ohnehin mein Leben verändern und sprach häufig davon. Dazu paßte es, nun plötzlich ohne Identität dazustehen. Als ich nach fast drei Wochen einen neuen Ausweis beantragen wollte, erfuhr ich, daß der alte sich eingefunden hatte, aber irgendwie trotzdem nicht da war; ich solle am frühen Abend in der Dokumentenausgabe anrufen. Die Frau von der Dokumentenausgabe war freundlich und sagte, daß meine Brieftasche bei einer Polizeidienststelle abgegeben und von dort wohl auch schon losgeschickt worden sei. Ich solle doch morgen wieder anrufen. Tag für Tag telefonierte ich nun mit ihr, manchmal auch zweimal. Sie sagte mir vieles: daß meine Brieftasche schon vor drei Wochen gefunden worden sei, daß der Finder keinen Finderlohn begehre, daß die Brieftasche wohl versehentlich ans Zentrale Fundbüro geschickt worden sei und daß man solche Fälle »Irrläufer« nenne. Ich hatte das Gefühl, die gesamte Abteilung würde sich mit meinem Fall beschäftigen, und erfuhr auch, daß die zuständigen Spezial-Boten nur einmal in der Woche ihre Runde machten. Ich stellte mir gewissenhafte neunzigjährige Beamte wie bei Kafka vor, die komische Handkarren zogen und müden Hauptes unendlich langsam Schritt vor Schritt setzten. Manchmal scherzte meine Sachbearbeiterin auch, alles werde schon seinen »sozialistischen Gang« gehen. Als sie nach neun Tagen sagte, ich könne nun meine Papiere abholen, war ich fast ein bißchen enttäuscht. In der Brieftasche fehlte nichts Wichtiges. Zur gleichen Zeit, als ich sie in Empfang nahm, muß meine Mutter in Norddeutschland, in dem Haus, in dem ich meine Jugend verbracht hatte, meinen Vater gefunden haben. Mein Vater war ein Kriegskind gewesen, sehr gewissenhaft und sparsam. Meist hatte er geschwiegen, während die anderen gesprochen hatten. Er hatte, glaube ich, nur einmal in seinem Leben etwas verloren.

Schöner Stillstand (Ein einfaches Leben)

Juni 2003

Als freier Schreiber und Alleinwohner sitzt man immer am Computer im Zimmer und schreibt auf, wie es ist, am Computer im Zimmer zu sitzen. Ein Beckettscher

Lebensentwurf sozusagen, in dem die Hände das aufschreiben, was die Hände tun, und die Augen auf den Bildschirm starren, auf dem steht, wie das Leben gerade so war, während der Kopf immer daran denken muß, wie die Zeit vergeht. Manchmal hat man das Gefühl, die Zeit würde Geräuschandeutungen machen bei ihrem Vergehen. Man kommt ohnehin nicht hinterher mit den Notizen über das eigene aufregende Leben und rhythmisiert die Zeit durch E-Mail-Nachgucken, Computerspielautofahren und entschlossenes Rauchen. Um Bodenhaftung und *street credibility* zu bewahren, reißt man sich zuweilen kleine Hautstückchen aus dem Nagelbett; oder man wirft einen brasilianisch gefärbten kleinen Gummiball immer wieder an die Wand, um die sogenannten Gedanken zum Schweigen zu bringen. Ab und an steht man auch auf, räumt die Blumentöpfe von der Fensterbank, öffnet das Fenster und gießt die Pflanzen im Blumenkasten. Interessant, interessant! Ein Samenkorn war vor zwei Jahren zufällig in den Blumenkasten geflogen. Nun ist es schon ein richtiger kleiner Baum. Etwa einmal in der Woche kommt ein kleiner Vogel zu Besuch, setzt sich neben die Pflanzen, die laut Packungsbeilage im Juni blühen werden, und pickt in dem Blumenkasten herum. Der kommt schon seit Jahren. Das ist schön. Man muß ganz still und bewegungslos bleiben, sonst fliegt er gleich wieder weg. So telepathisiert man ein wenig mit Vögeln, bartlebylisiert sich gebildet durchs Leben und steht manchmal auch am Fenster, um anderen Freibeschäftigten in den Zimmern auf der anderen Seite der Straße zuzugucken, wie sie an ihren Computern sitzen und ein ähnliches Leben voller Einfachheit und Schönheit führen.

Unscheinbar abwesend

April 2004

Wenn jemand gegangen ist, fühlt sich die Wohnung ganz anders an, und Veränderungen geschehen so allmählich im Hintergrund. Die Abwesenheit derjenigen, die eine Weile hier war, drängt und schiebt einen ganz langsam am Schreibtisch sitzend in die äußerste Ecke der Wohnung. Das dauert Tage, vielleicht Wochen, und es ist, als wäre der Schreibtisch ein Schiff, das aus der Nähe des Strudels gefahren werden muß, den ihre Abwesenheit darstellte, obgleich oder weil ihre Anwesenheit eher unscheinbar gewesen war. In der Nacht bewegte sich das Bett, das nichts mehr mit dem Fernseher zu tun haben wollte, in die andere Ecke des Zimmers, empört verließ der Fernseher den Raum, nur der Blick blieb immer auf die Tür gerichtet, durch die sie früher gekommen war, ins andere Zimmer, in dem Stühle, Sessel und Sofa nun ziemlich allein standen. Selbst die Vorhänge wurden ausgetauscht, aus Blau wurde Weiß oder Gelb, und plötzlich hing eine Rot-Gold-Kombination vor dem einen Fenster; man selber trug Schwarz, war erschrocken und beseitigte das sofort und ging in das Einrichtungshaus Domäne am Halleschen Tor, um weiße Vorhänge zu kaufen. Unglücklich stand man in der Vorhangabteilung, wie man eigentlich sein Leben lang immer unglücklich in der Vorhangabteilung gestanden hatte. Zwei Schwule mit netten Schnurrbärten guckten auf die Gardinenreste, die an einem runden Ständer aus Messing hingen, und konnten sich auch nicht entscheiden. Und man stand so daneben und grinste aus Freude über ihr Schwulsein, ach was, eher darüber, daß die beiden so ein prima

Paar zu sein schienen. Nur ein Dackel hätte da noch gefehlt.

Der Wunsch nach Wärme

März 2004

Nachmittags, beim Tischtennis, hatte er zwei Haschs mitgeraucht, obgleich er in letzter Zeit den Eindruck hatte, daß die Mattigkeit nach dem Haschrauchen sich mit dem Älterwerden verstärkte. Der Rausch selbst bleibt schön, aber die Mattigkeit im Kopf und in den Augen am Vormittag danach ist unangenehm. Vermutlich auch nicht anders als bei gewohnheitsmäßigen Low-Level-Trinkern. Trotzdem bedauerlich. Hasch ist ja quasi das St. Pauli unter den Rauschmitteln, und seinen Verein wechselt man auch nicht, weil es gerade nicht so gut läuft. Er dachte an A. Sie hatte von einem Ex-Junkie erzählt, mit dem sie sich im Tresor an der Bar unterhalten hatte. Der Entzug sei gar nicht so sehr das Problem, hätte der gesagt, die plötzliche Unendlichkeit der Tage dagegen kaum zu ertragen. B., die einen Herbst lang die Samstagabende zu Hause verbracht und Heroin geraucht hatte, hatte von dem Loch erzählt, das sie in sich spüre, seitdem sie so furchterregend *straight* geworden war, von dieser endlosen Sehnsucht nach wunsch- und bewegungsloser Wärme. Er hatte ihr gesagt, macht doch ein Kind, ihr versteht euch doch prima und Schwangere kriegen zur Belohnung körpereigene Opiate. Das hatte neulich auch der Asienexperte Manfred von Osten im XXP-Sender gesagt, dachte er. Er stellte sich ans offene Fenster und rauchte, weil er plötzlich angefangen hatte, den Rauch im Zimmer nicht mehr zu mögen, und drehte am Radio, das L. zurückgelassen hatte, als sie auszog. Die Sender sind Inseln in einem Meer aus Rauschen, und es ist schön, an ihnen vorbeizuschwimmen.

Die Sprache der Kindheit

April 2003

Manche Sachen, die man mal in seiner Kindheit gehört hat, gehen einem nicht mehr aus dem Kopf. Zum Beispiel der lustige Indianerruf »D-B-D-D-H-K-P-U-K-K-U« (doof bleibt doof, da helfen keine Pillen und keine kalten Umschläge), die Aufforderung »Sag mal Mütze!«, die »zehn Minuten Stütze« mit dem Ellbogen auf der Schulter des anderen zur Folge hat, die prä-68er-Erziehungsmaxime »Kinder mit'm Willen kriegen eins auf die Brillen« oder auch »If you think that fuck is funny, fuck yourself and save your money«. Das hatte an den Wänden in den Haschkneipen- und Campingplatzklos der Siebzigerjahre oft gestanden und fällt einem manchmal zwischen Aufstehen und Frühstück wieder ein. Man erinnert sich eher wertneutral, vermutlich, weil man nicht weiß, in welchem Kontext (Vietnam?) der Spruch mal stand, während andere heftigste Aversionen auslösen. Zum Beispiel: »Immer wenn Artur Tee trank, konnte er mit den Vögeln telefonieren.« Steht irgendwo in der Skalitzer Straße an einer Wand, kommt vermutlich aus den frühen Achtzigern. Schwer zu sagen, was genau an diesem Sprüchlein so unangenehm ist; das selbstzufrieden-lyrisch-besinnliche Moment oder die ganz simple Tatsache, daß Vögel definitiv keine Telefone besitzen und daß ein Zwiegespräch zwischen Menschen und Vögeln weder unter dem Einfluß von Tee noch von Kaffee, Bier oder Hasch je stattfand beziehungsweise stattfinden wird oder daß man fast alles aus den Endsiebzigern und frühen Achtzigern schlichtweg nicht mag. Andere öffentliche Sätze dagegen pendeln irgendwie rührend zwischen christlicher Existenzphilosophie und Poesiealbum. »Selbst zu werden, denn was wäre mein einziges Geschenk an Dich, wenn es nicht komplett wäre.« Sieben Meter lang war dieser Satz, den so ein Junge, vielleicht 16, morgens um halb fünf auf den Bürgersteig gesprüht hatte. Er sagte, dies sei ein Gedicht, und wahrscheinlich richtete es sich an das Mädchen, das er verehrte und das in dem Haus über dem Bürgersteig wohnte.

Vormittagswandel

April 2005

Der Morgen war der Klassiker. Was heißt hier Morgen – es war ja schon zehn gewesen, als es geklingelt hatte und man aus dem Bett zum Telefon geschwankt, getorkelt beziehungsweise gevormittagwandelt war. Die eigene Stimme hatte noch im Bett gelegen und seltsam geklungen, als sie was sagte. Der Freund hatte erst gesagt: »Du klingst ein bißchen komisch«, worauf man erklärt hatte, daß man die Nacht zuvor auf einem Geburtstag gewesen war. Das heißt: Eigentlich waren es zwei Geburtstage auf einmal gewesen, die wir bei Alex im Kap Arkona gefeiert hatten. Wir hatten noch einmal über den Tresor geredet. Daß etwas am schönsten scheint in dem Moment, wo es verschwindet, ist ein Allgemeinplatz. Tendenziell hatten wir es aber unschön gefunden, daß in den berühmten Räumen am Montagabend noch so ein Empfang für die neuen Bauherren mit Limousinen und roten Teppichen, wie es im Internet hieß, stattgefunden haben soll. Aus Verbundenheit mit den Achtzigerjahren hatte ich plötzlich Havanna-Club-Limejuice getrunken. Dann hatte K. plötzlich ein Döschen rausgeholt und Pulver verteilt. Von weitem hörte ich B. noch sagen, daß es das Pulver auch in Weiß gebe. Dann heiße es »Gletschereis«. Schnupftabak, die neue krasse Partydroge. B. finanziert sich dadurch, daß er das immer auf dem Oktoberfest vertickt. Jüngeren sagt er dann, dies sei *legal cocaine*. Irgendwie war ich dann wohl doch wieder nach Hause gekommen, ich war ja in meinem Bett aufgewacht. Und dann folgte der Briefkastenklassiker; ich schloß ihn auf, den Briefkasten, ich bückte mich, erhob mich wieder und knallte mit dem Kopf gegen die Briefkastentür. Die Blutstropfenspur führte zu meiner Wohnung. Vor Techno hatte man Punk gut gefunden.

Lässig digital

Mai 2007

Gebannt wie das Kaninchen vor der Schlange, wie ein Idiot im Grunde genommen, starrte ich immer wieder auf meinen Rechner, während der Tag in der blauen Stunde verging, von Ferne irgendwelche manchmal etwas riefen, ein Auto sanft vorbeifuhr. Die Zahlen bewegten sich. Wurden größer und kleiner. An und ab schwoll der Balken der Übertragungsgeschwindigkeit, der sogenannte »ePenis«: »Remaining time: 19 475 days«. So lange sollte es also dauern, bis ich den Rockpalast-Auftritt von den Who und Grateful Dead, 1981, Frühjahr, Grugahalle Essen, geladen haben würde. Ich hatte mir das Konzert damals bei Freunden angeguckt. Die Umstände waren existentialistisch gewesen. Obgleich ich mir dauernd auf die Lippen gebissen hatte, war ich irgendwann vor dem Fernseher eingeschlafen. Das Konzert sei noch endlos bis in den Morgen weitergegangen und dabei immer besser geworden, hatten die Freunde später erzählt. Jedenfalls meinte ich, ein biographisches Recht darauf zu haben, mir das Konzert aus dem Netz herunterzuladen. Außerdem hätte ich es mir ja gekauft, wenn es zu kaufen gewesen wäre. Gab's aber nirgendwo. Nur irgendwo, bestimmt in der Provinz, saßen langhaarige Altfreaks, die diesen Rockpalast damals mitgeschnitten, dann digitalisiert und vor ein paar Monaten ins Netz gestellt hatten. Dieses Konzert war ein ausgelagerter Teil der eigenen und gleichzeitig ein kollektiver Träger unterschiedlicher Erinnerungen. Eigentlich genügte es mir, daß es existierte; es war gar nicht notwendig, es runterzuladen. Vielleicht tat ich es nur, weil mir die insiderwitzartige Meldung so gut gefiel: »Remaining time: 19 475 days«. Das wirft man dann so lässig ein.

Nächste Station

April 2003

Plötzlich ist die U-Bahn wie ein Hörspiel. Man sitzt auf seiner Bank, träumt ein wenig vor sich hin, und eine Männerstimme sagt das Übliche: »Nächste Station Stadtmitte, Fahrgäste, die nach Pankow wollen, gehen nicht über Los, sondern gleich ins Gefängnis.« Aber etwas irritiert: Die Stimme kommt nicht aus dem Lautsprecher, sondern ist live und ein paar Meter entfernt. Wenig später sagt eine andere Stimme das gleiche, nur diesmal kommt sie ganz normal aus dem Lautsprecher. Vor der nächsten Station dasselbe. Komisch. Man ist neugierig, guckt aber doch nicht, um nicht von potentieller Verrücktheit berührt zu werden. Niemand kommentiert den U-Bahn-Ansager, der, wenn man genauer hinhört, klarer und weniger schnarrend ansagt als das offizielle Band. Erst beim Aussteigen sieht man den Mann an. Er ist schlank, hat einen schmalen Oberlippenbart im eher blassen Gesicht und wirkt auch sonst sehr ordentlich. Um ihn herum meint man einen Raum peinlichen Berührtseins zu spüren, so wie neulich auf dem Alex um den Demonstranten, der sein »Sharon & Bush – ab nach Irak«-Schild hochgehalten hatte. Der Ansager verlor sein Geheimnis, als mir einfiel, daß es sich vermutlich um Torsten Ricardo Engelholz handelt. Engelholz ist ein begeisterter U-Bahn-Anhänger. Wenn er reist, dann nur, um die U-Bahnen anderer Städte kennenzulernen. Vor ein paar Jahren hat Elfie Mikesch einen Dokumentarfilm über ihn gedreht: »Verrückt bleiben, verliebt bleiben«.

Nachrichten mit Kreide

April 2002

Das erste hatte vor ein paar Wochen auf dem Bürgersteig gestanden. Es lautete »Nicht reden Fasten (Buddha)« und war mit grüner, weißer und rosa Kreide auf die Mittenwalder Straße geschrieben. »Fasten« war doppelt unterstrichen. Vermutlich stammte der Sinnspruch nicht von Buddha. Am nächsten Tag war er wieder weg. Zu Ostern hatte der gleiche – es war bestimmt ein

Mann – weitergemacht; mit »Grüner Tee« auf dem Gehweg zwischen Zossener Straße und Domäne, »Silence« und »Don't speak – Thank you« am Mehringdamm und »Jesus Christ Superstar« in der Fürbringer Straße. Die Spruchkampagne wirkte so ausgedacht wie Tulpen in Neongrün. Graffiti scheinen oft ein zur Schrift gewordener Ausdruck des lokalen Bewußtseins zu sein. Wie Pflanzen ein Produkt der hiesigen Verhältnisse sind, so auch die Schriften an den Wänden. Man ist zwar immer wieder überrascht, wie bei komisch aussehenden Blumen, aber es ist doch logisch: »Alkohol und Anarchie« in der Zossener oder »Fikred & Sabri = Sex in Bett« in der Mittenwalder, das macht Sinn. »Reden ist Lüge und Schweigen ist Wahrheit« oder auch »Big in Japan« am Landwehrkanal wirkt dagegen so quatschig wie die Diskussion über authentische Affekte im Bundesrat. Die künstliche Aufregung kann sich auch zum authentischen Trieb entsublimieren. Ermutigt von den ersten warmen Tagen entwickelte der Kreidekonzeptkünstler nach Ostern etwas mehr Agressivität: »Mafia« sowie »Alles vergiftet« stand vor dem Kaiser's-Supermarkt am Marheinekeplatz; »Was ihr redet interessiert uns nicht« auf dem Bürgersteig am Mehringdamm. Während ich an einem Schreibwarenladen vorbeiging, in dem Pflastermalkreide ausgestellt war, überlegte ich, welches »wir« der Schreiber wohl im Kopf gehabt hatte.

Fremd gehört

April 2004

In meinem alten Kofferradio liegt der russische Sender ungefähr bei 97 Megahertz. Es ist sehr angenehm, diesen Sender zu hören; so ähnlich, wie das Fenster aufzumachen, wenn's schön ist, oder sich frischgewaschene Sachen anzuziehen. Im russischen Radio gibt es viel Musik, gut gelaunte Moderatoren, und ab und zu rufen Hörer an. Die eigene Wohnung wird zu einer Art Insel, man braucht nicht mehr wegzufahren, weil man auch zu Hause nur noch wenig versteht. Ab und zu nur: »Spassibo«, »Charoscho« oder »Ex-Bundeskanzler Helmut Schmidt«. Die Wohnung wird fremd, also wieder interessant durch den russischen Mainstream, der aus dem Radio rauskommt und sich dämpfend um die deutsche Sprache legt, die im eigenen Kopf lärmt. Man fühlt sich aufgehoben wie im Innern einer Blase und kann gut lesen beim Radiohören, da man ja nichts versteht. Nach einigen Tagen erkennt man die Lieder wieder, die zur Zeit wohl gerade Hits sind in Rußland. In einem dieser Lieder geht es um »Liebe, Liebe, Amore, Amore«; ein anderes ist die Coverversion eines Abba-Titels, der, glaube ich, »Ding-a-Dong« heißt, letztens sang jemand mit russischem Akzent von »Karl-Marx-Stadt, Karl-Marx-Stadt, du bist die Stadt roter Blumen / Karl-Marx-Stadt, Karl-Marx-Stadt, aber ich mag nur weiß«. Außerdem versucht man den Hörern mit deutschen Liedern Umgangssprache beizubringen. Vor ein paar Tagen etwa gab's das Lied »Bruttosozialprodukt« von der Gruppe Geier Sturzflug. Erst wurde das Stück ganz, dann geteilt, dann wieder ganz gespielt. Dabei lernten die Hörer hilfreiche Worte wie »Gabelstaplerfahrer«, »Staplergabel«, »Stechuhr« und später noch so nützliche Idiome wie »ihn sticht der Hafer« und »der Schmerz strahlt in den Rücken«.

Äpfel und Steaks

Mai 2004

Immer wieder wird man überrascht vom Frühling, wie schön das doch ist und wie gut es doch riecht. Überraschend ist auch, daß man überrascht ist; denn eigentlich gehört ja nicht allzuviel dazu, vorherzusagen, daß es im Mai immer prima ist. Der Mai gehört zu Berlin wie die Weißwurst zum Weizenbier. Und dennoch, hätte einem das jemand vor zwei Monaten erzählt, daß man in acht Wochen bestens gelaunt die Sonne und den Kaffee anhimmelt, der vor einem steht, in diesem eigentlich doch eher blödsinnigen Café, so leicht debil grinsend, als sitze man hier Reklame für die Freuden der Großstadt, man hätte ihn für blöd erklärt. Geändert hat sich ja tatsächlich nicht mehr als das Wetter. Vermutlich ist dies die beste Zeit, den Körper ein wenig zu überholen, die Zähne reparieren zu lassen und sich etwas Neues zu kaufen, in diesem schönen Zwischenraum zwischen Frühling und Sommer, in dem Körper und Geist zwischen Frühjahrsmüdigkeit und Enthusiasmus schwanken. Auf dem Weg zur Zahnarztpraxis ziehen automatisierte Vorträge durch den Kopf, die erklären, weshalb man nicht schon vor zwei Monaten angetanzt ist. Die Zahnärztin sitzt nachdenklich hinter ihrem Tresen, vielleicht, um gleitende Hierarchien in ihrer Praxis anzudeuten. Während der Behandlung kann man sich an einem kleinen Krokodil festhalten. Danach ist es noch Morgen und ein leicht metallischer Geschmack, wo eben noch Schmerz war. Den ganzen Winter lang aß man Eintopf, um das schmerzliche Aufeinandertreffen von kränkelnden Zähnen und festem Essen zu vermeiden, und nun ißt man plötzlich Äpfel, Steaks usw. Irgendwie denkt man auch, daß den Leuten, die die komplizierte Kulturtechnik mit der Zahnseide beherrschen, das Glück der Wiederherstellung versagt ist. Ein Glück, das auch dazu führt, daß man sich zur Belohnung eine neue Sonnenbrille kauft und so seinen kleinen Beitrag zur Stärkung des Wirtschaftsstandorts leistet.

Verbindung und Verlust

Mai 2004

Erst einen Tag nachdem ich die Sonnenbrille verloren haben mußte, war mir ihr Fehlen aufgefallen. An dem Unglückstag hatte es geregnet, nun war es wieder schön, und ich dachte an die Sonnenbrille und daran, daß sie gestern noch dagewesen war, als ich in diesem Café gesessen hatte. Ich hatte sie gar nicht aufgehabt, weil die Sonne ja nicht gekommen war, und nachdem ich genug gelesen hatte, war der veganische Jungle-World-Verkäufer an den Tisch getreten, hatte – wie genau ein Jahr zuvor – gefragt, ob es bei der *taz* einen Tierrechtsexperten gebe, ich hatte verneint, bezahlt, war gegangen, und plötzlich hatte es in Strömen zu regnen begonnen. Ich war vielleicht zwanzig Meter gerannt, und irgendwann hatte es beim Rennen klack gemacht. Zunächst dachte ich, mein Füller sei wieder durch das kleine Loch in der Hosentasche aufs Pflaster gefallen. Der Füller war aber noch da. So maß ich dem Klacken keine Bedeutung bei. Daß es wohl der Abschiedsgruß meiner Sonnenbrille gewesen war, fiel mir erst am nächsten Tag auf, den ich damit verbrachte, den Verlust zu rekonstruieren. Zu verlieren ist okay, aber etwas zu verlieren äußerst unangenehm. Man weiß zwar, daß die Sonnenbrille weg ist, hat es aber immer noch nicht begriffen. Das Wissen um den Verlust ist noch recht oberflächlich. So schaut man überall noch einmal nach, immer wieder, und entdeckt dabei Sicherheitslücken im System; die Tasche im Jakkett zum Beispiel, die man für eine Sonnenbrillentasche gehalten hatte, war in Wirklichkeit eine Taschentuchtasche und viel zu klein für eine Sonnenbrille, die deshalb ohne Mühe hinausgesprungen war, um sich nun mit einem anderen Menschen zu schmücken. Wenn man etwas verliert, ist die Geschichte, die einen mit dem Ding verband, vorbei, und man fühlt sich nackt, so wie man tagelang keine Lust mehr hat, etwas zu lesen, wenn das Buch, in dem man eine Woche lang zu Hause war, nicht mehr da ist und man zu den anderen, ungelesenen, noch keine Verbindung aufgebaut hat.

Das Geruchsmuseum

Mai 2002

Wenn man sie heizte, begannen die Räume immer mehr nach fünfzig Jahren Zigarettenrauchen zu riechen. Die Nikotinnote war dezenter als in Eckkneipen und vermischt mit einer Idee von deutschem Mittagessen, Kohlenstaub, Heizlüftergeruch, Hasch und nasser Wäsche, die am Ofen getrocknet wurde. Nachdem ich erfahren hatte, daß das Dachgeschoß 1945 ausgebrannt war, roch es ein paar Tage auch nach Feuersbrünsten. Die neue Wohnung war ein Geruchsmuseum, das man unter Denkmalschutz stellen sollte. Ein paar Wochen fühlte ich mich unpassend in diesen Räumen, registrierte das, was sich mir als anderes entgegenstellte, und hatte allerlei Déjà-vus und Skrupel, entschieden mit dem Renovieren zu beginnen. Zwei Tage dämmerte ich sogar mit Bob Dylan herum und dachte, daß man diesen spezifischen Kreuzberger Geruch abfüllen und in ein Alltagsmuseum stellen sollte. Man könnte den abgefüllten Geruch auch analysieren und ihn dann mit naturidentischen Geruchsstoffen nachbauen. Beim Untergang der DDR hatte man es leider versäumt, den Hallenser oder auch Leipziger Geruch zu archivieren. Nachts stellte ich mich ans Fenster. Hinter den Gardinen in dem Zimmer gegenüber war dieses komische blaue Flackern, das ich schon so oft da oder dort gesehen hatte. Erst jetzt begriff ich, daß da jemand herumzappte, ziemlich schnell, alle paar Sekunden, und die Vorstellung, daß das schon seit Jahren so ging, deprimierte mich.

Hasch in der Kleinstadt

Mai 2005

Uta mochte keine Kiffer. Für sie waren das so langhaarige, schmuddelige Typen vom Lande mit wirren Augen und paranoider Weltsicht, die Unmengen von Haschisch durch selbstgemachte Röhren in sich hineinsaugen, weil ihnen sonst nichts einfällt, was ihnen Spaß macht. Ich fand Kiffer ganz okay. So wie man sofort auch Gefühlslinke und Gutmenschen okay findet, schon allein aus Protest gegen die selbstzufriedene Authentizitätsbehauptung der Gegenseite. Die Kiffer hatten jedenfalls einen Erinnerungstag, immer am ersten Samstag im Mai. An diesem Tag würden Erdpfeifen geraucht auf dem Kreuzberg, hatte mir vor Jahren mal ein ehemaliger Haschrebell in Charlottenburg erzählt. An diesem ersten Samstag im Mai fand jedenfalls der weltweite Million Marihuana March nicht nur in Los Angeles und Tokio, sondern auch in Leipzig, Rostock und Potsdam statt. Es gab Infostände und Demonstrationen. Redner erinnerten an einen Familienvater, der am selben Tag in Singapur gehenkt werden sollte, weil er mit einem Kilo Cannabis erwischt worden war. Und ich dachte an die Kleinstadt, in der ich aufgewachsen war, an diesen langhaarigen Typ im Parka, von dem man munkelte, er sei drogensüchtig. Wie der da so den Wanderweg entlangging. Mit langen Haaren. In einem Bundeswehrparka. Dieses in sich Gekehrte mochten die Leute nicht, das kam ihnen komisch vor. Er war der Sohn von jemandem, den man kannte. Sein schlechtes Image färbte auf die Eltern ab, man sprach im Ton des Bedauerns über sie, obgleich oder weil sie der kleinstädtischen Oberschicht angehörten. Keine Ahnung, was aus dem geworden ist. Uta waren jedenfalls später die Pillen, die sie in ihrer Unterhose versteckt hatte, ins Klo gefallen.

Oben und unten (Rauchen und fliegen)

Juni 2005

In den Häusern sind die Wohnungen übereinandergestapelt. Je tiefer man wohnt, desto mehr Steine, Menschen und Bretter bedrücken einen. Man spürt das so genau, als wäre man eine Präzisionswaage. Man ist auch dieser wahnsinnig häßlichen, weißverdreckten Fassade des Hauses auf der anderen Straßenseite ausgeliefert und den Fenstern, die in der Fassade stecken, den dunklen Räumen hinter den Fenstern, den Fernsehern, die nie ausgehen, der Zeit, die vergeht, den Stimmen in der Straße und den Menschen, die in Räumen panisch hin- und herlaufen. Manchmal stehen sie auch lachend am Fenster und werfen fettige Worte auf die Straße. Im vierten Stock war es dagegen wie in einem Raumschiff gewesen, jeden Tag hätte man wegfliegen mögen, die Wolken rauf und runter oder die schmale Straße entlang bis hin zum Alexanderplatz. Manchmal war im Sommer ein kleiner Vogel zu Besuch gekommen, um im Blumenkasten was zu essen. Ich hatte den Eindruck, er sei aus einer vertrauten Fremde, ein Abgesandter aus dem Reich der Toten, vielleicht auch ein unaufdringlicher und gewandter Diplomat, geschickt von dem Ich, das ich einmal war, um mich an mich zu erinnern. Ganz vorsichtig, weil es ja zugleich und ganz und gar ein kleiner, unauffälliger Vogel war, den man durch eine hastige Bewegung nicht aufschrecken wollte, hatte man sich zum Fenster hinbewegt, um in dem Sessel dort, in dieser seltsamen Kommunikationsblase zwischen Vogel und Mensch und dem, was damit beabsichtigt sein mochte, eine Zigarette zu rauchen. Rauchend wollte man ja eigentlich immer in dem Rauch, den man einsog und ausblies, verschwinden, den verblödeten Körper, das redselige Fleisch, das nur das Gestern kannte, zum Verschwinden bringen. Vielleicht ist es aber auch so, wie Salinger (in »Hebt den Dachbalken hoch, Zimmerleute«) schrieb, daß man plötzlich wegflöge, wenn man zu rauchen aufhörte.

Henkersmahlzeit für die Zähne

Mai 2004

Am nächsten Tag sollten die Zähne raus. Kommt halt davon und hätte liegt im Bette. Diese Zähne, die siehst du nie mehr; eine symbolische Kastration ja auch quasi, nicht schön, aber dennoch okay. So macht man eine Henkersmahlzeit für die zwei Trottel in den dunklen Außenbezirken des Mundes. Und nach dem Essen gleitet man mit seiner Zunge behutsam über die Zähne, die man noch hat im Mund. Und weiß plötzlich nicht mehr genau, welche Zähne genau denn nun am nächsten Tag herausgerissen werden sollen. Die da hinten, klar, aber wo genau und wie viele? Zwei oder drei und alle auf einmal oder eher nacheinander? Drei klingt logisch, denn drei Weisheitszähne – haha – sind ja noch da. Was hatte man sich nicht auf diese schwachsinnigen Weisheitszähne eingebildet, von denen es nun Abschied nehmen hieß. Wie nimmt man von ihnen Abschied? Geht das überhaupt? Wäre es nicht zynisch, sich ausgerechnet jetzt mit diesen Todgeweihten im eigenen Mund anzufreunden, die man im Alltag kaum gegrüßt hatte? Dahin und dorthin geht die Spritze. Immer wieder interessant auch, daß nur die Hälfte der Zunge taub wird. Man liegt auf dem Stuhl, der Kopf berührt den warmen Bauch des Kieferchirurgen, man starrt nach oben auf den Stuck. Ein paar Stellen an der Decke und an der Wand müßten eigentlich noch verputzt werden. Im Hintergrund gedämpft Berliner Rundfunk mit Oldies aus den Sechzigerjahren: »In the year 2525«. Man kann nur noch nuscheln wegen der Betäubung, die sich langsam ausbreitet. Dann sagt der Kieferchirurg tatsächlich: »Sie sollten weniger rauchen«, als käme er aus einem altmodischen Bilderwitz. Nun zieht und knirscht es. Wie wohl die Wurzelsektion werden wird?

Eher kindlich als komisch

Juni 2004

Es ist schön, in der Nacht vom Wedding aus nach Kreuzberg auf der alten Westroute mit dem Fahrrad zu fahren. Am Nordhafen die optimistisch schweigenden Kräne in der Nacht anzustaunen, übers dunkelblau bis schwarz spiegelnde Wasser zu schauen. Vor Ampeln an menschenleeren Kreuzungen in der Sellerstraße zu stehen. In dieser Gegend sieht Berlin sehr großstädtisch und weitläufig aus. Und wenn es dann plötzlich raschelt, guckt man zum dunklen Busch hin, von dem das Rascheln kam, und sieht sich was bewegen. Um Stille bemüht, hockt man sich hin in der Nacht. Ein dunkles Bündel bewegte sich da, ein Igel krabbelte da herum, verschwand im Dunkel der Sträucher, kehrte wieder, nachdem man ihn angesprochen hatte, und verharrte dann da sozusagen – einerseits neugierig, andererseits bereit, sofort wieder zu verschwinden. Es stimmt einen immer recht wehmütig, in der Nacht mit Igeln zu sprechen. Wenn man mit freien Tieren in der Stadt spricht, mit Vögeln im Blumenkasten etwa, hat man irgendwie auch immer so ein Gefühl, als wären sie Abgesandte geheimer oder vergessener Freunde aus diesem oder jenem Leben. Deshalb begegnet man ihnen höflich und redet auch mit ihnen. Dabei kommt man sich eher kindlich als komisch vor. Ein Gespräch mit einem Igel ist reine Formsache, getragen von dem Wunsch um gegenseitige Anerkennung. Eigentlich hat man dem Igel nicht allzuviel zu erzählen und versteht ihn vermutlich auch nicht wirklich, aber man genießt doch das Zusammensein und wäre traurig, wenn er gleich wieder wegliefe. Aber ansonsten ist es wie bei Menschen, ausgesprochen sind die Worte schon wieder fort, und man sagt »tschüß« und steht auf, und weil man sich bewegt hat, verschwindet der andere dann wieder im Dunklen und man selber auch.

8Ball deluxe

Juni 2007

Die Festplatte des neuen MacBooks hatte sich verabschiedet. Deshalb war ich wieder auf meinen alten iMac umgestiegen, der fast ein Jahr lang unbeachtet in einer Ecke meines Zimmers gelegen hatte. Der alte Computer war langsam geworden, sein altes OS-Herz summte erbärmlich. Eigentlich hätte ich mich darüber freuen sollen, daß er noch lief und so viele alte Dateien treu aufbewahrt hatte. Ich hätte mich daran erinnern sollen, wie gern ich früher mit ihm geschrieben hatte. Statt dessen nannte ich ihn klobig und häßlich. Dann fand ich auf einer französischen Internetseite die Simulation eines Flippers, den ich als Teenager sehr oft gespielt hatte. Das Programm war sogenannte Abandonware und lief nur auf veralteten Betriebssystemen. Akustisch war alles das gleiche wie früher. Ich spielte stundenlang zu den Endlosschlaufen einer fröhlichen Cowboymusik. Nur angestaubter, wiederholte sich das Immergleiche der Vergangenheit im Immergleichen der Gegenwart. Als ich mich in der Wiederholung eingesperrt hatte, spaltete sich ein zweites Ich ab, stellte sich an den Rand und beobachtete den gefangenen Zwillingsbruder, der hypnotisiert vor dem Monitor saß und auf die Tasten drückte. Die Spiele, die wir früher spielten, mögen gleichzeitig Aufzeichnungen und Aufzeichnungsträger unterschiedlicher Ordnung sein, aber in Wirklichkeit wiederholt sich nur der Rhythmus der Reize und Reaktionen, dem man sich unterwirft, um ab und zu ein Freispiel zu gewinnen und die Restrealität auf Abstand zu halten. Man könnte statt dessen genauso wieder anfangen, komische Patchworkjacken zu stricken, von morgens bis abends einen Ball an die Wand werfen oder sein inneres Double »interessant, interessant«, murmelnd nach draußen schicken.

Punk und Alien

Juni 2004

Elf Uhr, Saalbau Neukölln. Theatertreffen der Neuköllner Grundschulen. Die erste Vorstellung war schon um neun. Die Sonne scheint schön, und alles sieht prima aus. Ganz viele Kinder wuseln im Hof und im Gebäude herum. Ihre hellen Stimmen erinnern an kleine Vögel. Man selber kommt sich zwischen ihnen schwerfällig und groß vor. Die äußeren Zeichen des Erwachsenseins, die man mit sich herumträgt, führen dazu, daß die Kinder, die in einer Schlange stehen, Platz machen. Der Saal ist gut gefüllt, die Kinder sitzen nach Geschlechtern getrennt und klatschen sehr gerne. Ein Mädchen trägt ein Kopftuch, zwei Jungs tragen Schirmmützen. Eine Schülerband macht Musik. Ein Mädchen, vielleicht zwölf, singt auf englisch, daß sie kein Mädchen mehr sei, aber auch noch keine Frau. Zur Einstimmung gibt es ein sehr schönes Schwarzlichtballett. Die schwarzgekleideten Kinder halten lustige weiße Katzenkopfbilder in den Händen, die scheinbar körperlos über die Bühne tanzen. In einem längeren Theaterstück geht es dann um Fremdheit. Ein bayerisches Pärchen, zwei türkische und ein asiatisches Mädchen und ein frecher, kleiner Punk treffen im Kongreßzentrum auf einen grünen Außerirdischen. Als sie sich das Raumschiff des Aliens anschauen wollen, fliegt es plötzlich los. Auf fremden Planeten, auf denen die Zeit zum Teil rückwärts läuft, erkennen die Erdenbewohner, daß sie zusammenarbeiten müssen, um mit dem Raumschiff wieder zurück zur Erde fliegen zu können. Zwischendurch gibt es immer wieder Musikeinlagen. Bei »Herzilein« klatschen die Kinder am lautesten mit.

Abschied

Mai 2007

Es war komisch, als ich merkte, daß ihre letzte Woche in Berlin gerade begonnen hatte. Alles, was nun kam, war vielleicht ein letztes Mal. Um das Pathos zu mildern, sagten wir »as always«. »As always« war sie zu ihrer German class gegangen, »as always« hatten wir am Sonntag ein letztes Mal Badminton gespielt und danach – »as always« – ein Bier getrunken. »One beer and two cigarettes – that's always nice!« Sie war aus Schottland, aber eigentlich auch aus Hongkong. Praktikumshalber war sie in Berlin gewesen und hatte sechs Monate lang in meinem kleinen Gästezimmer gewohnt. Jeden Morgen war sie zur Arbeit gegangen. Jeden Abend war sie zurückgekommen, während ich meist zu Hause an meinem Schreibtisch geblieben war. Anfangs war es komisch, nicht mehr ständig allein in der Wohnung zu sein. Später hatte ich mich an ihre stille Gegenwart gewöhnt. Und auch daran, daß wir abends oft zusammen aßen. Wenn es viel gewesen war, sagte sie: »that was a big meal«, und dann spielten wir Bilingual-Scrabble. Morgens saß sie in der Küche und rauchte im Gegenlicht; sehr langsam und konzentriert. Ihre Zigaretten dauerten doppelt so lange wie meine. Sie sagte: »Coffee and cigarettes are going together, hand in hand.« Und daß sie ein »scrabble kid« sei und, als sie Geburtstag hatte: »I'm not a birthday kid.« Manchmal endeten unsere Scrabble-Spiele unentschieden. Ich würde ihre warme Stimme vermissen. Sätze wie »It's weekend – let's get hammered!«, die sie sagte, obgleich sie wegen der Tabletten nicht mehr richtig trinken durfte. Im Park hatten wir in der Sonne mit den Freunden gesessen, und sie hatte gesagt: »The summer will be very nice here. Unfortunately I won't be here.«

Sommer

Sommeranfang (Wäre man doch ein Gummiball)
Juni 2004

In der Nacht, als der Sommer begann, war es heiß, und ich konnte nicht schlafen. Plötzlich war es schon hell, und der Lärm, der vom Fenster des anderen Zimmers kam, wollte nicht verschwinden. Draußen auf dem Kopfsteinpflaster gab es ein illegales Lasterrennen um fünf Uhr dreißig. Ein niedlicher Gehsteigputztraktor der BSR bürstete den sauberen Bürgersteig. Ansonsten war alles leer. Mehrmals fuhr der Orangene jeweils mit triumphierendem Lärm erst über den linken, dann über den rechten Gehsteig des Teilstücks meiner Straße, immer hin und her, als hätte ihn seine Freundin verlassen. Um neun Uhr drückte die Frau im Spaghettihemd am offenen Fenster gegenüber triumphierend lächelnd ihren Jeanspo an den Unterkörper ihres virilen Mannes, der hinter ihr stand. Nachdem sie eine Viertelstunde mit ihrer Sexualität gepost hatten, gingen sie zurück in die Wohnung. Ich wünschte mir, das Sexuelle würde verschwinden oder durch rosa Wölkchen ersetzt werden, und wäre gerne ein lustig bunter Ball in einem Wandschrank gewesen. Um elf fuhr ich dann nach Westdeutschland. Wie niedrig dort die Zimmerdecken sind! Wenn man dort ist, scheint einem alles normal zu sein und die eigene Existenzform eher komisch; wieder zurück, ist es umgekehrt. Wir hatten auf einer Bank im Kurpark in der Sonne gesessen. Meine Mutter hatte unaufhörlich geredet. Auf dem Boden hatte stundenlang eine Krähe gestanden, die nicht mehr fliegen konnte. Das sei doch normal, daß unter den paar tausend Krähen hier auch welche wären, die nicht mehr fliegen können, sagte mein Vater, der weniger geworden war, nachdem sie ihn aufgeschnitten hatten.

Grüne Pflaumen

Juni 2006

Die Tempelherrenstraße ist eine gutbürgerliche Sackgasse mit großen Bäumen und Häusern, die robust aussehen. Während in der nahen Mittenwalder Straße fünf Bäume schon seit Jahren tot sind, sieht's hier so grün aus wie im deutschen Märchen. Am einen Ende der Straße ist der Kanal, am anderen eine deutschlandbefahnte Kneipe. Ich war vom Landwehrkanal gekommen und in Gedanken, als das kleine Mädchen mich ansprach. Es war vielleicht sieben, hatte lange, dunkelbraune Haare, und fragte, ob ich eine Pflaume haben wolle. Es trug einen Korb mit diesen Früchten, die allerdings noch grün waren. Ich sagte: »Die kann man doch noch gar nicht essen. Die sind doch noch grün.« – »Das macht aber nichts«, sagte sie. So nahm ich eine. Die Pflaume fühlte sich angenehm glatt und frisch an im Mund. Ich biß ein kleines Stück ab. Es schmeckte sauer, aber eigentlich ganz gut. Das kleine Mädchen begleitete mich ein paar Meter, und ich war ein bißchen verlegen, weil ich nicht wußte, was ich sagen sollte. Ich stellte mir vor, sie sei ein Migrantenkind und hätte gehört, wie schlecht über Migrantenjugendliche gesprochen wird und deshalb ihre eigene kleine Charme-Offensive gestartet. Dann lief sie zu einem hageren Langhaarigen hin, der ein paar Meter vor uns gegangen war. Dieser Mann war, glaube ich, ein ehemaliger Haschrebell. Nach anfänglichem Zögern nahm er eine Pflaume an. Er freute sich, angesprochen worden zu sein, wurde aber auch gleich wieder verlassen, denn als nächstes ging das Mädchen zu einer alten Frau, die in einem Hauseingang stand und dabei war, die Haustür aufzuschließen. Ich sah nicht, ob sie eine nahm, ging weiter, blickte mich noch einmal um, spuckte den Rest der Pflaume auf den Boden und winkte dem Mädchen zum Abschied, obgleich es nicht zu mir hinschaute.

Morgens leicht, später laut

Juni 2003

Langsam, so ganz allmählich, wurde das Licht hochgedimmt. Draußen riecht es gut, es ist angenehm, nur wenig anzuhaben, es ist angenehm, daß die anderen auch nur wenig anhaben, es ist angenehm, draußen mit Dosenbier rumzusitzen oder auf einer Brücke am Kanal in den Sonnenaufgang mit partieller Sofi zu gucken, und das Licht ist am Anfang des Sommers so schön wie am Ende. Ein paar Tage ist es warm, man fühlt sich leicht, besonders am frühen Morgen, wenn die Sonnenstrahlen noch ohne Gewicht sind, wenn man kurzärmelig nach draußen geht, obwohl es eigentlich noch zu frisch ist, in Erwartung der ersten Wärme. Irgendwie gestimmt, versucht man das rauchend zu verdeutlichen, liest Proust am offenen Fenster am Abend im sanften Wind, der durch die Wohnung geht, freut sich darüber, daß aus dem Pflanzengrün bunte Blüten rauskommen, gleitet mit dem Fahrrad durch Pollen in der Sonne unter Bäumen. An den Basics hat sich nichts geändert, trotzdem scheint alles perfekt zu sein für ein paar Momente. Darauf hat man sieben, wenn nicht acht Monate hingearbeitet, den Winter nur in Gedanken an den Sommer überstanden. Nach ein paar Tagen, kaum hat sich der Körper an den Sommer angepaßt, verliert sich die Leichtigkeit wieder. Haus und Straßen haben die Hitze in sich aufgenommen; fett steht sie in der Wohnung und geht nicht mehr am Abend. Man raucht Ketten, besprüht sich dauernd mit Wasser und beschimpft den Computer, weil er warm ist, anstatt kalt zu sein. Die schöne Nacht kann man draußen nicht so richtig genießen, weil man früh ins Bett geht, um früh aufstehen zu können, weil die Sonne den ganzen Nachmittag ins Zimmer knallt und so die Bedingung der Möglichkeit allen Denkens eindampft. In der Nacht kann man nicht schlafen, weil die Stimmen dort draußen durch die enge Kopfsteinpflasterstraße verstärkt durchs offene Fenster in die Ohren kommen und im Kopf dann weiterlärmen und morgens durch die Müllabfuhr abgelöst werden. Die lärmende Unhöflichkeit arbeitender Menschen ist unglaublich. Komisch, daß der Lärm nur morgens und abends so laut ist, während sich die Nachmittagshitze wie feuchte Watte um die Dinge legt. Komisch und irgendwie schade auch, daß übermorgen schon wieder Winter ist.

Vorbildlich sonnen

Juli 2003

Kreuzberger brauchen Licht und Sonne. Den ganzen Winter – so die übliche These – saßen sie kettenrauchend in ihren Ofenwohnungen und wurden immer bleicher und mutloser. Nun sitzen sie draußen und blinzeln ein bißchen. »Du, ich bin drei Tage nicht aus meiner Wohnung rausgegangen«, sagte B. in der Ankerklause. »Hast die ganze Zeit gekifft und auf die Erleuchtung gewartet?« – »Die Erleuchtung kam schon, aber dann hab ich's wieder vergessen.« Immer wieder ist die Heiterkeit erstaunlich, mit der einem Bekannte erzählen, wie deprimiert sie doch eigentlich sind oder gerade waren. Aber eigentlich ist das völlig normal, und der Sommer ist auch nur so eine Wiederkehr des Immergleichen – eine Weile hält man möglichst viele Teile seines Körpers in die Sonne, um die Serotoninproduktion anzuregen, dann ist es zu heiß und dann wieder Winter. Hastig geht die Zeit vorbei, und es ist interessant, wie viele Jahre es dauert, bis man verstanden hat, daß man am Ufer des Landwehrkanals auf der Seite des Urbankrankenhauses zwar angenehmer sitzen beziehungsweise liegen, lesen und rauchen kann, daß es aber auf der anderen Seite, wo man eigentlich schlechter sitzt, auf der Mauer am Ufer, die immer dreckig ist, eigentlich besser ist, weil die Sonne dort eher von vorne kommt und durch die Augen direkt in den Kopf scheinen kann. Manche sitzen mit anderen auf Decken, manche sitzen allein. Ein Emigrantenjugendlicher hatte eine bunte Rastafarimütze auf und einen sehr elegant schlank gedrehten Joint hinter seinem Ohr eingeklemmt, als er mir Feuer gab. Er sagte dann »bitteschön«. Viele Altkiffer dagegen verhalten sich nicht vorbildlich, drehen lustlos und unachtsam ihre Joints und trinken literweise Bier dazu.

Der Champ

Juli 2003

Jede Woche einmal in der gleichen Kreuzberger Kneipe; jede Woche zweimal zwei Euro in den Flipper, in der Halbzeit ein Flipperfit, wie A. zu sagen pflegt, der nie wirklich fit aussah, aber man selber ja auch nicht. Wenn man kommt, sind die Stammgäste schon da, und wenn man geht, bleiben sie; der Tontechniker, der Typ vom *Tagesspiegel*, der Wettsüchtige, der Unruhige, der Drogenberater, der Betrunkene, der den Joint nicht ablehnt, aber dann rauchend erzählt, daß er ja eigentlich nicht kifft und mit dem »Kiffermilieu« nichts zu tun hätte; Freund Arbeitslos natürlich und die Kneiper. Berlinuntypisch sind viele gebürtige Berliner. Manchmal kommen auch zwei eher schweigsame türkische Jungs vorbei, Anfang Zwanzig, ganz in Schwarz. Sie rauchen Gras ohne Bier und spielen flippertechnisch in unserer Liga. In der Abwehr ganz gut, zuweilen brillant, aber im Angriff, beim präzisen Einlochen zum Freiball, beim Die-Bahn-Hochschießen, im Abschluß halt – da hapert's. Der Champ schafft dreimal soviel wie wir. Niemand weiß, wie er heißt. Er kommt und geht stets allein und sieht aus wie ein Underground-Rockstar von früher, dünn, blaß, ganz in Schwarz und lange Haare. Lässig steht er leicht vornübergebeugt am Flipper, weil er so groß ist, spielt unaufgeregt, genau, die Situation schnell einschätzend, die richtigen Schlußfolgerungen ziehend. Sein Spiel hat etwas Tänzerisches. Schweigend flippert er eine halbe Stunde, holt ein paar Freispiele, die er für uns stehenläßt, und geht wieder. Glück sei auch dabei, sagt er, aber das stimmt nicht.

Flüssiger WM-Beton

Juni 2002

Die Fußballweltmeisterschaft, ach ja, die Fußballweltmeisterschaft. Man versucht das Geschehene, das an den

Schirmen Miterlebte, Miterlittene zu rekapitulieren, zu verstehen, wie es kommen konnte, daß dies geschah und nicht jenes; alles ist doch recht seltsam, und später werden wir es unseren Enkeln erzählen, die es nicht glauben werden, und zwischendurch fahren immer noch die hupenden Autos der Türken durch die geöffneten Fenster ins Zimmer, durchs eine Ohr hinein, durch das andere wieder raus, und die Türken schwenken mit ihren Fahnen. Sie sind Weltmeister der Hupen, und draußen auf der Straße beglückwünschen wir den türkischen Gemüsehändler zum überzeugenden Sieg. »Schöner Fußfeger. Das gibt im Fußball immer Freistoß«, hatte ein Reporter gesagt und ein anderer: »Der haushohe Favorit muß vor seinem Erfolg noch einen äußerst unliebsamen Untermieter herausklagen.« Oft war es wieder sehr schön, der Sprache der Kommentatoren zu lauschen, wie sie sich entwickelt in spannenden Spielen, wie sie den Sprechern entgleitet und allerlei Unsinn anstellt, von »Der Beton der Paraguayer ist noch nicht ganz trocken« bis »In Leverkusen würde er jetzt die Scheibenwischer anmachen.« Wie die Sprache mit sich selbst spielt, ohne daß es der Sprecher zu bemerken scheint: »Brasilien unter Druck. In Worten: Brasilien unter Druck.« Schön wie eine batteriebetriebene Tomate am Abend ist diese Fußballweltmeisterschaft! »Und nun ist Schluß, das heißt Pause.«

Alte Freunde

Juli 2002

Ich sagte »Hi«, und er sagte »Jo«, bevor er mich bat hereinzukommen. Wir guckten uns kurz an und grinsten andeutungsweise, ich zumindest – er verzog seine Mundwinkel nicht, darin bestand seine Meisterschaft. Er mußte kurz zuvor einen geraucht haben, seine graublauen Augen waren noch triefiger als gewöhnlich, als er in die wie immer picobello blitzeblanke Küche glitt, sich wie immer auf seinen Stuhl nahe der Tür und der Dunstabzugshaube setzte, wartete, bis ich mich gesetzt hatte, und zu erzählen begann. Wir hatten uns lange nicht gesehen. Nach einem kurzen Update in Sachen Fußball – wir beide guckten fanatisch und verehrten sehr unterschiedliche Mannschaften – erzählte er von der Faßbrause früher, wie gut die geschmeckt hatte, wie schön es gewesen war, als Kind mit einer Kanne Faßbrause zu holen und manchmal die volle Kanne herumzuschwenken, wobei sich manchmal der Henkel gelöst hatte. Und Kuchen, ach Kuchen, wie gut hatte der Kuchen geschmeckt; er schwelgte in Kuchenerinnerungen so für sich, während ich daran dachte, daß die Deutschen gerade gegen eine Mannschaft gespielt hatten (die Koreaner), die das Zeichen auf ihrer Fahne trug, das ich als Teenager auf Federtasche und Schulbücher gemalt hatte. Eine Weile war es sehr angenehm in der Hitze des Nachmittags, wie die Sätze, die er mehr für sich als für mich sprach, so vorbeigingen. Der Besuch bei dem alten Hippie erinnerte mich an die Besuche bei meinem Opa früher – wir hatten uns eigentlich nicht viel zu sagen und fühlten uns trotzdem wohl, und als mir dann langweilig wurde, ging ich einfach wieder.

Schreibend das Gefühl
Juli 2006

Alles war plötzlich sehr existentiell. Hatte man zuvor, als freier Prekarist seiner selbst sozusagen, immer machen können, wonach einem gerade war, mußte man sich nun fügen. Die Erfahrung der letzten Wochen hatte einen gelehrt, daß bestimmte Dinge nicht mehr gingen. Viel zu rauchen beim Schreiben am Vormittag zum Beispiel. Oder völlig planlos darauf zu warten, was der Tag mit einem vorhatte. In der Zeit der Möglichkeit saß man am offenen Fenster, das nach Westen ging, im Wind des auf low gestellten Ventilators. Die Stille ist schön, wenn es ganz heiß ist und dazwischen Vogelzwitschern. Oder Kindergeschrei. Aber immer wieder die Stille. Die Musik kommt aus dem alten Kassettenrecorder. Käme sie aus der Anlage, würde sie zuviel Platz in der Wohnung einnehmen. Das Haus auf der anderen Straßenseite schien seine Häßlichkeit verloren zu haben, wohl weil die Bewohner alle Fenster mit blauen und roten Stoffen verhängt hatten. Schreibend hatte man das Gefühl, man sei in Bukarest. Gegen Mittag begann die Zeit der Unmöglichkeit, in die man glitt, wenn man der Sonne nicht vertraute, die einen, immer lauter werdend, dazu drängte, die Wohnung zu verlassen, in diesen seltsamen Schweißfilmtag dort draußen zu gehen. Man hatte die Fenster geschlossen und vor die Fenster nasse Tücher gehängt, und dann hatte sich das Zimmer in einen halbdunklen Brutofen verwandelt. Der Tag, der als Meer der Möglichkeiten begonnen hatte, wurde tyrannisch. Der Hitze nicht angemessenes Verhalten wurde umgehend mit Konzentrationsabfall, Kreislaufkomplikationen und Schwindelgefühl bestraft. Nachmittags trieb man sich wie ein Hund auf der Straße oder in Geschäften herum, neigte zu Fehlkäufen, las in der Bibliothek Zeitung oder traf auf der Straße alte Freunde, die einem erzählten, daß früher alle Titten schön gewesen seien. Eine Aussage von irritierend blöder Schönheit.

Nackt altern

August 2003

Während im Fernsehen immer die gleichen gesunden Hautempfindungstypen vorherrschen, gibt es im Sommer verschiedene. Weil die Haut der Deutschen nicht für die Sonne gemacht wurde, wird sie eher rotbraunledern, spannt sich und altert rapide, wenn sie lange in der Sonne herumliegt. Die Sonne wirkt wie eine Droge auf den Serotoninhaushalt, und die Bräune ist der Hangover nach dem Sonnenbaden. Je brauner jemand ist, desto mehr wird er diese Droge nötig gehabt haben, desto unglücklicher wird er also gewesen sein. Und je nackter jemand ist, desto mehr Loser. Nacktheit schafft Distanz, funktioniert also ähnlich wie die Junkies am Kotti oder diese breitbeinige nackte Frau um die Fünfzig am Teufelssee oder wie dieser jesusähnliche Langhaarige, der nur mit einer knappen, komischen silbernen Pappröhre um die Hüften bekleidet über die Oberbaumbrücke schritt, und man wollte da nicht hingucken. Der nackte Oberkörper eines Kunden bei Kaiser's schien dagegen eine Mutprobe zu sein. Der Mann wirkte danach gelöst und heiter. Manchmal liegt auch ein einzelner Nackter am Landwehrkanal, entschlossen außenseiterisch und authentisch. Das kommt daher, daß sich der Nackte in den Achtzigerjahren wähnt, als Nacktheit noch Mainstream war, also letztlich so ähnlich wie die Linksidentität von Exbesetzern in ihren Superbilligparkettwohnungen, die den ganzen Tag Radio Eins, Ton Steine Scherben und die Sex Pistols hören. Nackte sind meist etwas älter als Junge und träumen hinter geschlossenen Augen von früher, als es sicher auch nicht besser war. Aber man selbst rennt ja auch ständig im Sarong durch die Wohnung, um sich zu fühlen wie in Thailand am Strand.

Billiger Telefonieren

August 2003

Ich hatte noch nicht gefrühstückt, als es an der Wohnungstür klingelte, also nicht unten. Das kommt oft vor, im Haus leben Freunde. Der Mann vor der Tür fragte: »Möchten Sie Geld beim Telefonieren sparen?« Eine Weile standen wir so halb im Treppenhaus. Meine Telefonrechnung ließ ihn zu dem überraschenden Schluß kommen, daß es sich lohnen würde, wenn ich unterzeichnete. Nur weil er gefragt hatte, saß er plötzlich auf dem Sofa, trank Kaffee mit einem Löffel Zucker, und wir rauchten Reval. Er erinnerte an den ehemaligen *Stern*-Chefredakteur Jürgs und war vielleicht 58. Seine Hände zitterten manchmal. Die Arbeit sei anstrengend. Manchmal zähle er alle Stufen. Gestern sei er auf über zweitausend gekommen, und »die Leute an den Türen denken, der will mir doch was andrehen und mich übers Ohr hauen«. Mir war's egal. Ich ging davon aus, daß sich im Prinzip nichts ändern würde, und unterschrieb alles. »Gleich wird Sie jemand anrufen und fragen, ob ich Sie nett und höflich beraten haben. Ich habe Sie doch nett und höflich beraten?« – »Klar.« Nachdem er gegangen war, kam er gleich wieder. Er bräuchte noch meine anderen zwei Nummern, die ich bislang vergeblich gesucht und nie benutzt hatte. Jetzt fand ich sie. Am nächsten Tag wollte er wiederkommen, um mit mir einen billigeren Internetvertrag zu machen. »Bis morgen dann.« – »Bis morgen dann!« Am nächsten Tag kam er nicht. Oder vielleicht hatte ich ihn auch nicht gehört. Oder er hatte am Vormittag geklingelt. Am Vormittag mach ich nicht auf, weil's ja eh nur die Reklame ist; ich bin doch nicht bescheuert.

Schwimmen (Danach ist prima)

August 2003

Weil Schwimmen gesund ist, geht man schwimmen, und sobald man im Becken ist, denkt man: Ist mir langweilig! Man weiß natürlich: Danach ist prima, nur jetzt sind's halt noch zwanzig Bahnen. Fast alle schwimmen zwanzig Bahnen. Rauf und runter. Am einen Ende die Arschbomben, am anderen Ende die Spätnachmittagssonne. Manchmal eine Bahn kraulen wegen der Abwechslung. Kraulen ist anstrengender, also weniger langweilig, andererseits aber noch langweiliger, weil man nichts sieht. Das Zählen nervt. Der Impuls geht dahin, die Schwimmstöße zu zählen. Während das eine Hirn automatisch die Schwimmstöße zählt, verzählt sich das andere bei den Bahnen. Jeder korrigiert zu den eigenen Ungunsten. Manchmal sieht man ein Gesicht, das da rumschwimmt, und bemüht sich, während der nächsten hundert Meter den Abstand zu verringern.

Am Beckenrand hat ein Junge einem anderen wegen dem Mädchen eine reingehauen. Der eine liegt, der andere steht, ein Bademeister schimpft. Zwei Bahnen später ist der, der am Boden gelegen hatte, schon weg, und das Mädchen streitet sich mit dem groben Jungen. Zwei Bahnen später knutschen die da herum. Empörend! Gleichzeitig: Ist das langweilig! Petra lernt Vokabeln beim Schwimmen. Sie beginnt mit a, denkt an englische Wörter, die mit a beginnen: *asshole, anger, anxiety, avalanche, balls, boredom ... pussy, penis, penetration.* Harry versucht, sich ein Problem vorzuknöpfen oder in Trance zu fallen. Es gibt da so einen Punkt, ab dem alles irgendwie automatisch abläuft. Gleichzeitig hat man plötzlich Hintergrundkopfschmerzen, und es wird kalt, und sowieso ist zuviel Chlor im Wasser, das in Verbindung mit dem Urin, den die Leute automatisch absondern, irgend so einen Stoff bildet, der giftig sein soll. Andererseits: Vom Becken aus gesehen ist die Badeanstalt im August am schönsten.

Am Ufer

Juli 2005

Am Abend hatte ich am Ufer gesessen und aufmerksam die ganze Zeitung durchgelesen. Neben mir zupfte eine Frau mit einem Tattoo auf ihrem Schulterblatt Gras und warf es den Schwänen zum Fressen hin. Die Artikel in der Zeitung kommentierten und ergänzten und dementierten einander. Manchmal freute ich mich über altvertraute Begriffe wie »Besetzungs- und Ersetzungsenergien« und dachte, daß man mit ihnen wohl vieles erklären könnte. So vertieft war ich in das Lesen gewesen, daß ich den Schwan erst spät bemerkte, der mir beim Lesen zugeguckt hatte. Mit interesselosem Wohlgefallen schauten wir einander lange an. Dann ging er ins Wasser. Ein bißchen hoffte ich, daß er nun losfliegen möge. Doch die Schwäne leben nach eigenen Regeln und halten sich nicht an meine Hoffnungen. Im Aufbruch begriffen, hörte ich einen Mann brüllen. Die ganze ohnmächtige Wut Tausender Niederlagen schien in seiner Stimme zu liegen. Sie schwoll an vom Wunsch, die Angebrüllten mit seinem Brüllen zu vernichten, und vom Wissen (irgendwo in seinem Körper) um die Lächerlichkeit seines Brüllens, das er niederbrüllen mußte, um weiterbrüllen zu können. Das einzige Wort, das man verstand, war »Feuerzeug«. Manchmal hörte man auch den Klang einer begütigenden Frauenstimme. Dann war's kurz still. Dann brauste es wieder los. Das Gebrüll ließ auf einen kleinen, gedrungenen und betrunkenen Hartz-IV-Kranken schließen. Die Angebrüllten stellte man sich erschrocken, hilflos ironisch grinsend vor. Seltsam, daß es sich dann so schnell erledigte und daß da, wo zuvor das Gebrüll gewesen sein mußte, nichts mehr war, als ich vorbeifuhr.

Paranoia

Juli 1999

Die Pflanzen, die an meinen Fenstern standen, machten mich nervös. Sie waren in den letzten zwei Wochen so sehr gewachsen, daß man sie erkennen konnte, wenn man mit ein wenig Aufmerksamkeit von der Straße aus auf meine Fenster schaute. Auf der Straße war jeden Tag die Polizei wegen der Jugendbande, und die Jungs von der Jugendbande wußten natürlich Bescheid, dachte ich, und die türkischen Familien bestimmt auch, die hinter den Fenstern gegenüber wohnten. Und gestern abend hatten in der Wohnung gegenüber Umzugskisten mit der Aufschrift »Synanon« herumgestanden. Das alles machte mich furchtbar nervös. Nervös schaute ich manchmal minutenlang meine Pflanzen an und überlegte, ob ich sie nicht doch verstecken sollte. Wollte ich aber nicht. Vor allem die eine Pflanze, die mir so auffällig schien, weil sie mittlerweile schon einen Meter sechzig hoch war, war ja gleichzeitig wie eine komische Fahne komischer Gesinnung; eine Kapitulation wäre es gewesen, sie wieder ins Zimmer zu holen. Seltsame Art, eine Fahne rauszuhängen, wenn man gleichzeitig auf dem Nachhauseweg ängstlich nach oben schaut und hofft, niemand würde sie bemerken. Manche bemerkten sie aber. Die Frau aus dem Fischladen hatte zum Beispiel verschwörerisch gewunken, und der nette Libanese hatte mich angegrinst, als ich an seinem Bastelladen vorbeiging. Oft guckte ich entschlossen auf den Boden, wenn ich leicht bekifft durch die Straße ging. K. sagte, ich sei doch paranoid, und erzählte von N., »dem wandelnden Kompromiß«, der sich in der eigenen Wohnung schon fast verstecke, wenn er einen dreht, und regelrecht sauer werde, wenn man die Pappe seiner Blättchen für Filter verwendet – es könnte ja jemand bei seiner Arbeitsstelle auf die Idee kommen, er kiffe. Die kleine Nichte hatte mal gefragt, was das für eine Pflanze sei, und ich hatte gesagt, das sei eben so eine prima Pflanze. Sie sieht ja auch schön aus, wie sie da so herumsteht am Nachmittag in der Sonne.

Vagabund mit Brille

August 2004

Der Obdachlose bei Kaiser's war neu hier. Er stand nicht direkt am Eingang, sondern ein paar Meter weiter vor dem grünen Altglascontainer. Seine wilden braunen Haare und der wuselige Bart im runden Gesicht schienen Fred Bertelmann und einen erblondeten Jerry Garcia zu zitieren. Er hielt ein paar *motz*-Zeitungen in der Hand. Sechs Plastiktüten standen neben seinen Beinen. Von weitem variierten die Schichten seiner zerlumpten Kleider unterschiedliche Grautöne. Vielleicht war er fünfzig, in jedem Fall stilbewußt. Vor allem imponierte mir seine schicke große, von weitem hellblaue, leicht ironisch übertriebene Jahrmarktssonnenbrille, eine Kinderbrille für coole Erwachsene, mit der er auch an Dr. Jacoby aus *Twin Peaks* erinnerte. Er schien verschmitzt und schüchtern zu lächeln, so wie man lächelt, wenn man nett ist und neu irgendwo. Er sah viel besser – interessanter, freundlicher, wahrhaftiger – aus als die anderen, und das war tröstend. Ich zögerte einen Moment, ob ich ihn nicht ansprechen sollte, ging dann doch nicht zu ihm hin, nahm sein Lächeln aber mit und dachte ein paar Schritte später, das ist ja wie Mundraub. Eigentlich ist man auch schon längst bescheuert geworden; gehetzt wie ein Erwachsener von den Sachen, die man meint, unbedingt noch erledigen zu müssen. Die Gegenwart kommt abhanden, geht verschütt, wird verwertet. Man würde sich gern wieder im Unsinn verlieren und die Dinge extra ungetan lassen, weil sie so aufdringlich wie ein Amerikaner auf ihrem Wichtigsein beharren. Aber der Vagabund hatte auch fast zu gut ausgesehen, so daß man an Beatniks gedacht hatte, an Harry Rowohlt oder an diesen Jazzmusiker bei den Simpsons, den Freund von Lisa, der den Blues hat. Eigentlich ist es ganz schön, daß jeder Zitat eines anderen ist.

E. T. A. Hechter

Juli 2004

Die nebeneinander laufenden Programme kamen sich zu oft in die Quere oder stolperten über ihre eigenen Füße. Das neue DSL verlangte einen verbesserten Computer. Doch der Laden für Macs war schon längst ganz woanders. In der Sonne fuhr ich zum Zoo und aß am Nordseeimbiß Fischbrötchen. Ein schlanker Mann stellte sich neben mich und fragte flüsternd, ob ich Interesse an einer Sonnenbrille von Daniel Hechter hätte. Die könne er mir für zehn Euro geben. Ich müsse nur mitkommen an einen Ort in der Nähe, an dem es, wie er sagte, auch billige Laptops gebe. Der Mann sah fantastisch aus; klein, schlank, Gel im schwarzen Haar, schicke Sonnenbrille, teure Schuhe, buntes Hemd, ein maßgeschneiderter Anzug vielleicht. Er erfüllte alle Privatfernsehklischees eines windigen Südländers und erinnerte gleichzeitig an diesen seltsamen Friseur Pietro Belcampo aus dem Roman *Die Elixiere des Teufels* von E. T. A. Hoffmann, der von sich sagt, er sei die Narrheit, »die ist überall hinter dir her, um deiner Vernunft beizustehen«. Daß ich meine diesjährige Sonnenbrille längst schon verloren hatte, wäre ein Grund gewesen, mit dem Mann mitzugehen. Aber mit Sonnenbrillen ist es ja immer so schwierig, wegen der komischen Nase sehen die meisten blöd aus. Außerdem hatte ich tatsächlich kein

Geld dabei, und selbst wenn, wäre ich wohl zu feige gewesen, mit ihm mitzugehen. So war ich fein raus. Er sagte »schade« und verschwand. Später bezahlte ich den Speicher mit Karte.

Teamsport

Juli 2005

Die Kneipe war leer, bis auf die drei Männer, die am Tresen ihr Bier anguckten. Es war Sonntagabend, also Flippern. Der Flipper sei besetzt, sagte der Chef hinter dem Tresen. »Wie lange spielen die schon?« – »Schon eine Weile.« – »Ich geh dann mal hin und mach schlechte Stimmung.« Schlechte Stimmung machen geht so: Man stellt sich schräg hinter die Spieler und guckt und versucht dabei, seinem Blick eine gewisse Schärfe zu geben. Die beiden am Flipper waren aber prima und auf angenehme Weise bekifft ohne Alk. Sie spielten zwar zu zweit, aber trotzdem sehr gut. Der eine bediente den linken, der andere den rechten Knopf, und dabei standen sie so, daß sie einander nicht in die Quere kamen. Der Linke stand frontal vor dem Spielgerät. Seine rechte Hand lag stützend auf der Platte. Der andere stand schräg neben dem Flipper. Seine linke Hand hatte er in die linke hintere Tasche seiner Jeans gesteckt. Das war einleuchtend und sah sehr lässig aus. Es machte Spaß, den beiden zuzusehen. Ihre Schultern deuteten ein spiegelverkehrtes L an. Sie luden uns zum Mitrauchen ein. B. und ich hatten bis dahin nur sehr selten zusammen geflippert, und wenn, dann immer leicht tölpelhaft: gerade nebeneinander, so also, daß wir uns dabei gegenseitig behinderten. So zu spielen wie die beiden netten Kiffer war verblüffend angenehm. Ein bißchen wie Doppel beim Tischtennis oder Tanzen. Wenn man zusammen flippert, geht es ja auch um eine gemeinsame Kommunikationschoreographie, es gibt ein Drittes, den Flipper, und es geht um die Vermeidung gegenseitiger Berührung, also um die Respektierung der anwesenden Körper.

Der Doofsprung

August 2004

Der See war draußen im Wald und wohl doch kein Geheimtip mehr. Die Menschen lagen am Ufer in kleinen Buchten. Manche hatten Zelte aufgebaut. Wir gingen lange auf Trampelpfaden, bis wir eine kleine Bucht für uns fanden. Nach dem Raus- und Reinschwimmen lagen wir auf dem Rücken und schauten vier jungen Männern zu, die sich eine Bucht weiter an Tarzanseilen ins Wasser schwangen. Sie versuchten dabei gleichzeitig artistisch und idiotisch auszusehen, also etwa mit angezogenem Knie aufs Wasser zu platschen. Einer schrie dabei wie Tarzan. M. sagte »Doofsprung« dazu. Wir aßen rauchend Melonen und Kuchen, und Banden von Wespen flogen um die grüne Plastiktüte herum, in der unser Abfall war. Du brauchst keine Angst zu haben; die wollen nur spielen. Wenn man auf die Tüte gezoomt hätte, wär's eine gute Horrorfilmeinstellung gewesen; am Rande hätten wir entspannte Witze gemacht, dann wäre jemand kurz zum Pissen weggegangen und nicht zurückgekommen. Plötzlich wäre es dunkel gewesen, und ein zweiter hätte sich auf die Suche gemacht usw. In echt saßen wir auf den Decken, aber viel zu reden fiel uns nicht ein. Zwischen uns und der Abendsonne standen hohe Bäume, und so gingen wir zu dem Kanal in der Nähe und standen in einer Reihe, damit auf jedes Gesicht Sonne fiel. Ein Boot mit Deutschlandfahne fuhr vorbei. Auf dem dahinter wehten eine Totenkopf- und eine EU-Flagge, und es gab viele komische Schilder an diesem Kanal. Eins war blau mit Schrägstrich. Auf einem anderen war ein großer Punkt. Weiter hinten schien ein P zu sein. Vielleicht ergab sich der Sinn, wenn man die Schilder hintereinander las.

Abschied vom Kollektiv

Juli 2006

Wir hatten ihn immer den lachenden Peter genannt, um ihn von dem anderen Peter zu unterscheiden, der seltener lachte. Acht Jahre hatten wir miteinander Tischtennis gespielt. Jeden Samstagnachmittag an der Platte im Aufenthaltsraum der Firma. Der Kern unserer Gruppe war mal ein Handwerkerkollektiv gewesen. Während wir spielten, hatten wir die Bundesliga im Radio immer laut gestellt und in den Pausen geraucht. Dann waren wir weniger geworden. Der eine war dahin, der andere dorthin gegangen, zwei hatten sich zerstritten, und der Ex-Beste hatte sich irgendwann nicht mehr blicken lassen; weil sein Stern am Sinken gewesen war, weil er plötzlich eine seriöse Freundin hatte – niemand kann in den Kopf eines anderen blicken. Vielleicht war er ein paarmal nicht gekommen, dann war das Verpflichtungsgefühl kleiner geworden, vielleicht hatte er sogar erwogen, erneut zu kommen, konnte aber die Anstrengung nicht mehr aufbringen, die es erfordert hätte, das Vergessen zu durchbrechen. Möglicherweise hatte er sich gelegentlich noch wehmütig ans Tischtennisfit erinnert, das wir so oft zusammen geraucht hatten. Und nun ging der lachende Peter. Zurück ins Bayrische, zu seinen Eltern, denen er das zurückgeben wollte, was sie ihm gegeben hatten. Es gab dort einen Job, und der Kleine hätte auch mehr Möglichkeiten, draußen herumzutollen. Zwei Flaschen Sekt und lecker zu essen standen auf dem Tisch, wir spielten und rauchten in den Pausen, und manchmal vergaßen wir, wie es gerade stand. Nur das Radio blieb stumm. Auf der Straße verabschiedeten wir uns. Die großen Ferien waren zu Ende. Unsere Fahrräder standen so sperrig im Weg, daß wir uns nicht umarmen konnten.

Zeit, Kontrolle, Archiv

August 2006

Das ganze Haus war vollgestopft mit Dingen. Sie hatten nie etwas weggeworfen. Alles war da: in verschiedenen Schränken die Kleider, die sie sich gekauft hatten, die Sachen, mit denen die Kinder gespielt hatten. In Kartons alte Puppen und Kuscheltiere. Renn- und Eisenbahnen. Im Keller waren Küchen- und Kleiderschränke, die sie teils geerbt hatten, und in diesen Schränken: Zeitungsstapel, Jahrgänge von Zeitschriften, die es längst nicht mehr gab, geerbtes Geschirr, das sie nie benutzt hatten, sorgfältig gefaltete Plastiktüten, gebrauchtes, ordentlich zusammengelegtes Geschenkpapier, Gummibänder, Schnürsenkel, eine Plastiktüte mit Kerzenstummeln. Auf einem Schrank im Hobbykeller stand noch das Segelflugzeug, das er Ende der Fünfzigerjahre angefangen hatte zu basteln. Unter einem Tisch lagen die zwei alten Kurbeltelefone, die im Krieg gewesen waren und kurzzeitig in den Sechzigern die Küche mit dem Wohnzimmer verbunden hatten. Es gab selbstgebastelte kleine Radios in Plastikdosen, Phasenprüfer, Chemikalien zum Entwickeln von Fotos, die verschiedenen Fernseh-, Radio-, Tonband-, Kamerageneration eines halben Jahrhunderts, alte Schallplatten, alte Poster; es gab Essensvorräte, die lange gereicht hätten. In einem alten Koffer waren Notizbücher, in denen die Einnahmen und Ausgaben der letzten fünfzig Jahre vermerkt waren, und solche, in denen der Verbrauch von Öl und Wasser in Schönschrift akribisch notiert worden war. Alte Globen, Briefe. Land- und Postkarten. Tonbänder, so viele Fotoalben und Videocassetten, auf denen er selten zu sehen war, weil er ja fotografiert und gefilmt hatte. Die Dinge waren materielle Erinnerungen. Nur wenige wurden tatsächlich verwendet. Wie die Vergangenheit, so wuchs auch die Zahl der Dinge, die stetig mehr Platz beanspruchten. Er hatte versucht, mit diesen Dingen sein Leben zu kontrollieren, abzusichern, wie auch das Haus stetig immer mehr abgesichert worden war durch hohe Hecken, Schlösser, Lichtschranken, Rolläden, die lichtgesteuert sich öffneten und schlossen. Wenn er Gefahr von außen witterte, drückte er auf einen Knopf, und ein Hund bellte. Er hatte selber nie geschrieben und nur wenig gesprochen; die Dinge spiegelten ihn in der Zeit, waren Zeugen, ausgelagerte Erinnerungen. Die gesammelten Dinge hatten ihn und das Leben der Familie aufgezeichnet. Das Haus war ein Archiv. Manche brauchen ein ganzes Haus für ihre Erinnerungen, andere tun sie in eine Schachtel, wieder andere versuchen, alles aufzuschreiben, Tag für Tag, damit nichts verlorengeht. Oft verselbständigt sich das Kontrollsystem, das die Gegenwart sichern soll, und es bleibt nur die Vergangenheit.

Eckdatenkontrolle

August 2006

Als Kind hatte ich eine Weile, vielleicht ein Jahr, vielleicht zwei Jahre lang, ständig auf das Thermometer geschaut. Es war vor dem Küchenfenster hinter dem Rollladen angebracht. Bevor ich ins Bett ging, schaute ich auf das Thermometer, und nachdem ich morgens geweckt worden war, schaute ich auf das Thermometer, oft noch, bevor ich ins Badezimmer ging. Ich notierte die jeweiligen Temperaturen in einem Kalender und freute mich, wenn etwas geschehen war, wenn es kälter oder wärmer geworden war, wenn Tages- oder Monatsrekorde fielen, wenn das Thermometer einem sagte, daß der Winter auf einem guten Wege war. Eine Woche lang mußte es durchschnittlich minus fünf Grad kalt sein, damit der See zufror und man Schlittschuh laufen konnte. Wenn das Thermometer morgens schon zwanzig Grad plus anzeigte, war die Wahrscheinlichkeit groß, daß es Hitzefrei geben würde. Die Abend- und Morgentemperaturen waren die Eckdaten – Einleitung und Schluß – einer Geschichte, an der ich um so mehr Anteil nahm, als ich in ihr nicht anwesend war. Geheimnisvoll passierte das Wetter hinter meinem Rücken in der Nacht. Die Differenz zwischen Abend- und Morgentemperatur deutete an, was in der Nacht geschehen war. Das Thermometer überwachte die Nacht. Ich hatte das

Gefühl, etwas Wichtiges zu versäumen und zu verpassen, wenn ich nicht auf das Thermometer schaute. Gleichzeitig meinte ich, das Wetter in seinem Verlauf durch meine Anteilnahme zu unterstützen, wie ich später meinte, meinen Lieblingsverein zu unterstützen, wenn ich Spielberichte live im Radio verfolgte und mit dem Tonband aufzeichnete. Genauer wurde die Nacht beschrieben, nachdem mein Vater ein neues Thermometer gekauft hatte. Dieses neue Thermometer, ein technischer Fortschritt, hatte ein Gedächtnis: Es zeigte nicht nur die aktuellen Temperaturen, sondern auch die Höchst- und Tiefstwerte der vergangenen Nacht an. In der Zeit des neuen Thermometers verlor ich mein Interesse an der Temperaturaufzeichnung. Bis heute aber hat sich ein gewisser Wetterenthusiasmus erhalten. Wenn es superheiß oder -kalt ist, gehe ich oft zum Thermometer an der Apotheke und freue mich über dramatische Zahlen. Daß das alles damit zu tun hatte, daß mein Vater Heizungsmonteur war und mit seinen Blicken auf das Thermometer ganz praktische Zwecke verfolgte, wurde mir erst sehr viel später klar.

Trauriger Torso

August 2004

An den drei Fahrradständern am Mehringdamm standen mehrere Fahrräder. Eines hing etwas in der Luft, zwischen dem Fahrradanschlußständer und einem anderen Rad, denn es fehlten die Räder. Dieser Damenfahrradtorso schien um so mitleiderregender, je deutlicher seine Lächerlichkeit hervortrat, die darin bestand, daß es sich ja jetzt eigentlich um ein Fahrrad handelte, das seinen Begriff gleich doppelt negierte. Was man eingedenk seiner wahrscheinlichen Vergangenheit noch Fahrrad nannte, war ja nun infolge vandalistisch-räuberischer Akte ein Ding ohne Rad, mit dem man nicht mehr fahren konnte. Es klebten mehrere Zettel daran, angebracht vermutlich von dem Besitzer beziehungsweise der Besitzerin. Auf den Zetteln stand in sorgfältiger Handschrift: »Wo leben wir eigentlich, daß keiner mehr Rücksicht auf die anderen nimmt«, »Ich muß dafür hart arbeiten. Warum macht ihr euch das so leicht« und »Verreckt doch alle, ich wünsche euch nichts gutes. Mißgeburten, Asoziales Pack, Stink-Schweine«. Recht-, Groß- und Kleinschreibung waren eigen, und daß es keine Ausrufungszeichen gab. Der Torso, die Fahrradleiche, diente nicht mehr zum Fahren, sondern nur noch als Unterlage für die anklagenden Worte an die Vandalen, die wohl in der Vorstellung geschrieben worden waren, daß die Beschädigungen ihre Verursacher anziehen würden, wie man ja auch sagt, daß es Mörder wieder an den Ort ihres Verbrechens zieht.

Ravende Kühe

September 2003

Die Hinfahrt war kompliziert gewesen. Irgendwann fuhren wir in einen Wald, dahinter war eine Koppel, und M., die ihre Kontaktlinsen nicht dabeihatte, sagte, das ist ja ein ziemlich großer Rave. Da waren aber nur Kühe, die da rumstanden, und das wurde dann der Running Gag des Sonntagnachmittags. Neben einem See war's dann ganz schön. Fünfzig Leute vielleicht, ein paar DJs, ein großer Bus, eine freistehende Bar. Bier und die üblichen Naturdrogendrinks. An einem Hochbettgestell hatten in der Nacht wohl Lightshowlichter gehangen. Nun wurde es mal da, mal dort hingeschoben und sollte als Windschutz für die Plattenspieler dienen. Einer tanzte erdverbunden, ein anderer im grünen Hemd tanzte lächelnd zu jedem hin und fragte nach Geld; das lief ja auch schon zwei Tage. Wir saßen am Rande in einer Reihe und sahen ganz gut aus. Um nicht zu Voyeuren unserer selbst zu werden, hatten wir keine Kameras mitgenommen und bedauerten das, es gab da so schöne Motive. Schattenspiele auf dem bunten Tuch zum Beispiel, das an der Bar hing. Am Strand machte eine Frau Yoga und stand wohl am längsten auf ihrem Kopf. Andere schwammen auf die Sonne zu, die über den See schien. Ab und an kamen Einheimische vorbei, betont zufällig. Einerseits waren sie Touristen, zu Besuch auf einem quasi exterritorialen Berliner Gebiet mit bunten Leuten, andererseits war das ja ihre Gegend, die wir ihnen entfremdeten, allerdings natürlich auch wieder interessanter machten. Danach ging die Sonne unter, und das war's dann für dieses Jahr.

Der Himmel über Berlin

September 2004

Es war schon fast Abend. Vielleicht der letzte Tag des Sommers. Leicht melancholisiert stiegen wir auf das Dach. N. reichte mir Decken, Bücher, Zeitungen, Bier und einen klapprigen Liegestuhl durch die Dachluke. Der Wind war sanft hier oben. Die tausend Schornsteine und sinnlosen Antennen wirkten sehr urban, auch die auf die Häuser raufgebauten Stockwerke für die Architekten, in deren Fenster wir gucken konnten. Zwei Kräne, ein paar Baumkronen, hier und da, an komplizierten Wänden, auch Graffiti, die an den Mut ihrer Macher erinnerten. Da war die Charité, dort die Synagoge und da hinten das Tempodrom. Der Fernsehturm war der Anführer der Gebäude. Rötlich ging der Mond auf, und das Dach der Synagoge schimmerte golden. Es war still, doch der Lärm der Autos war nur weiter weg und bildete eine Fläche, aus der sich vereinzelte Geräusche erhoben: ein Motorrad, zwei Vögel, die Straßenbahn, ein einzelner Glockenschlag; jemand lachte, und dann klang es, als würde da eine Stewardeß mit ihrem schweren Rollkoffer über das Kopfsteinpflaster gehen. N., die sich auskannte, ging über die Dächer spazieren, wurde zum Schattenriß und verschwand, während sich der Himmel ganz allmählich verfärbte wie im Urlaub. Der Mond sah aus wie auf diesem Bild von Caspar David Friedrich. Am anderen Horizont, Richtung Osten, ballten sich dunkle Wolken. Das sah aus wie ein Atompilz und bewegte sich langsam auf uns zu. Stundenlang, wie mir schien, gab es dann das »Naturschauspiel Wetterleuchten«, und man fühlte sich, während man die Blitze in den Wolken anstaunte, wie in einem Film. Komisch, daß man dabei immer den Eindruck einer Verlangsamung hat, obgleich ein Film doch viel schneller vorbeigeht als das Leben.

Prinzenbad, Sommerende
September 2005

Wir hatten gedacht, das Prinzenbad hätte schon ab dem ersten September geschlossen, und freuten uns darüber, daß es noch auf war. Das Licht ist am besten am Ende des Sommers, und am hellsten ist es am Ende des Tages, wenn man auf der Terrasse in der Sonne sitzt und sich die Sonne zugleich im Wasser spiegelt. Das war einem jahrelang ja nicht klar gewesen, daß es hier am schönsten ist, daß es unsinnig ist, auf der Wiese zu sitzen und ab und zu Bahnen zu schwimmen. Schwimmen ist aber gar nicht so wichtig; zu meinen, man müsse schwimmen, weil man ja doch soviel Geld bezahlt hat, ist ein geiziger Zwangsgedanke mit niedrigem Glückspotential. Vielmehr geht es darum, auf der Terrasse auf dem Handtuch in der Sonne zu sitzen, die elegante Architektur zu bewundern, zu lesen, ab und an an den Becken spazierenzugehen und diesen kleinen Regenbogen unter der Kaltdusche anzustaunen. Es gibt keinen anderen Ort in Kreuzberg, an dem man so schön am Abend in der Sonne sitzen kann. Die Schwimmgeräusche klingen sehnsüchtig, und die Menschengeräusche sind zurückhaltend, denn die Ferienkinder sind nicht mehr da. So gibt es kaum noch Arschbomben oder »Bitte nicht vom Beckenrand springen!« Der Herbst beginnt mit mehrfachen Ansagen: »Papiersammler bitte alle ans Garagentor!« Und nachdem der Bademeister sagte: »Bitte verlassen« beziehungsweise »räumen Sie die Wasserfläche«, war es Winter.

Herbst

Kommunistische Umtriebe

September 2003

Ein Lastwagen steht auf der Mittenwalder Straße. Um den 7,5-Tonner bildet sich ein Menschenauflauf. Die Stimmung ist ausgelassen. Von der geöffneten Ladefläche reichen türkische Arbeiter im Blaumann Kartons nach unten mit Dingen, die sonst die Kühlregale der Supermärkte füllen. Die Leute stehen dicht, niemand drängelt. Manche grinsen. Für jeden ist genug da. Niemand streitet sich um die Lebensmittel. Manche tauschen Sachen. Ich hab schon genug Vorderschinken, hast du noch etwas Käse? Ein Junge sagt, er sei Vegetarier und möchte noch etwas Joghurt. Die Arbeiter versuchen, Wünsche zu berücksichtigen. Zwei schlanke drahtige Männer, die sicher schon seit dem frühen Morgen gearbeitet haben, küssen einander auf die bärtigen Wangen und lächeln ein bißchen. Ein gelungener Coup. In dem Supermarkt, in den sie die Waren hätten liefern sollen, sind die Kühlanlagen ausgefallen. Statt die Waren nun wegzuschmeißen, wie ihnen gesagt worden war, verteilten sie sie unters Volk. Die Arbeiter sind Helden. So hatte man sich früher den Kommunismus vorgestellt. Nach einer Stunde ist der Laster leer, man geht nach Hause mit Wurst für die nächsten Wochen im Gepäck. Kreuzberg ist wunderbar. Das war schon am Sonntag auf dem Mariannenplatz beim Karneval der Verpeilten zu sehen. Man muß sich – wie früher die Schwulen – das Schimpfwort zu eigen machen: Wir sind drogensüchtig und psychisch völlig instabil, aber trotzdem ganz okay. Vorne gab's Techno, und ein paar tausend saßen da kiffend und biertrinkend herum. In Bayern wär eine Hundertschaft angerückt; am Mariannenplatz ging ein einziger Polizist spazieren. Ich liebe meinen Bezirk.

Wenn am Urbanhafen die Schwäne schlafen

September 2003

Wir saßen am Ufer, und hinter uns hörten wir es schimpfen, in einer afrikanischen Sprache, in der die schnell gesprochenen Worte sehr schroff aneinanderprallten. Das Schimpfen kam von rechts, hielt manchmal kurz inne, ging dann hinter unserem Rücken an uns vorbei und entfernte sich. Ganz verstohlen blickten wir kurz hin. Wir achteten darauf, daß der Mann unseren Blick nicht bemerkte, um ihm keine Angriffsfläche zu bieten, auf die er dann hätte einschimpfen können. Laut schimpfte er mit sich und der Welt, während wir am Ufer vor dem Theaterschiff im Urbanhafen so saßen und Gingerlimo tranken. Die Worte schienen einerseits denen zu gelten, die so feist und fröhlich hier am Ufer lagerten, andererseits wohl auch Feinden, die in seinem Kopf anwesend waren. Es wurde grauer am Abend, und sie sagte, ihr werde immer schwindlig, wenn sie in den Himmel schaue, und ich sagte, ich wäre früher gerne Bungee gesprungen, aber dann doch nicht dazu gekommen. Ein schönes Ausflugsschiff wendete im Wasser. Der Speisesaal war leer und wirkte nostalgisch in der Dämmerung. Von weitem hörte man den Inder wie jeden Abend sein »Pappadam« rufen. Ich sagte, das machst du doch bestimmt schon seit sechs Jahren, und er sagte, fast empört, daß er das schon seit zehn Jahren so mache. Der *Tagesspiegel*-Verkäufer sang diesmal nicht, und wir schwiegen, weil wir gerade unterschiedliche Bücher lasen. Dann zog das Schimpfen wieder hinter unseren Rücken vorbei.

Papierflieger

September 2006

Es war Nachmittag, und in den Fluren tobte das Leben. Nachdem wir noch ein wenig Schuhe-und-Schultaschen-durch-die-Gegend-Werfen gespielt hatten, setzten wir uns in unsere Papierflugzeuge und flogen damit die Treppen runter. A. bevorzugte dabei ein anderes Modell als ich, und der lachende Pädagoge hatte wieder andere Vorstellungen. Gewonnen hatte immer der, welcher am weitesten kam oder ohne anzuecken am besten um die Kurve im Treppenhaus flog. Manchmal wurden die Zielvorgaben im nachhinein verändert, oder wir tauschten unsere Flieger, oder einer blieb stehen, um etwas anzugucken, und der andere fragte: »Was schreibst du da?« Auf dem Tuschebild war ein rauchendes Kraftwerk neben einer Zigarette, unter der »Sigarete« stand. Kraftwerk und »Sigarete« waren rot durchgestrichen. Das Bild hieß: »Keine Umweltverschmusung – Die grüne Partei«. Die grüne Partei gefällt mir aus zahlreichen Gründen noch besser als die Grünen, die ich meist wähle, obgleich ich viel rauche, also zu denen gehöre, die fraktionsübergreifend abgeschaltet werden sollen. Früher haben die Grünen auch ständig geraucht. Wenn man jemanden rauchen sah, dachte man gleich, das sei ein Grüner, ging hin und fragte den oder die GesinnungsfreundIn, wo hier denn die nächste Demo sei. Manche haben dabei kritische Rockmusik von BAP oder Bob Dylan gehört. Aber früher ist gestern, und wenn ich mit

A. unterwegs war, rauchte ich nur selten. Die Art, wie er nicht rauchte, war nämlich ansteckend. Wir fuhren lieber U-Bahn, träumten davon, einmal auf die schönen Berge kurz hinter dem Gleisdreieck zu steigen, und bei Meinungsverschiedenheiten ließen wir unsere Hände per Tschingtschangtschong (ohne Brunnen) entscheiden. Diese Entscheidungen waren jedoch selten bindend. Deshalb stehen wir hier immer noch auf dem Bahnsteig.

French Kissing

September 2004

Es ist so, wie man es sich vorstellt, wenn man dem Tresor positiv gegenübersteht: Die Musik ist klasse, der DJ ganz prima, und die Leute tanzen begeistert. LA Williams, der DJ, trägt eine Baseballmütze. Den Bügel der Kopfhörer hat er nicht unter der Mütze, sondern fast im Nacken – dort, wo Beckham ein Tattoo hat. Manchmal streckt er seine Hand in die Menge, die jemand abklatscht. Vielleicht kennen die sich ja auch. Rechts neben ihm steht der Tontechniker und links am DJ-Pult so ein Typ, der ist wohl aus der Karibik und sieht auch super aus. Zwei junge Leute vor dem DJ-Pult machen erotische Sachen in engen Jeans. Sie gehen genau in dem Moment woandershin, als man denkt, daß das nicht obszön, sondern eher wie MTV aussieht – so, als hätten sie sich das Bild ihres sexuellen Abenteuers bei MTV zum Zwecke des Selbstbetrugs ausgeliehen. Ein paar Meter weiter tanzt ein Großer mit blonden Locken. Sein Blick ist gänzlich weltentrückt. Mehrmals sinkt er einem Engländer in die Arme und ruht seinen Kopf auf dessen Schulter aus. Auf dem braunen T-Shirt des Engländers, der mit ein paar Freunden hier ist, steht »Bench«. LA, der sonst eher House spielt, hatte mit Klassikern von Carl Craig und Jeff Mills begonnen und war dann tresormäßiger geworden. Nun spielt er was von Derrick May. H. sagt, »das ist doch unser Hochzeitslied«, und weil es eher dunkel ist, sieht man nicht so richtig, daß wir teilweise zwanzig Jahre älter sind als die meisten hier. Wären wir nur zehn Jahre älter, hätte man uns für Drogenfahnder halten können. So reicht einem jemand einen perfekt gedrehten Grasjoint. Ein bleicher Hippie mit schwarzen Locken tanzt versonnen mit geschlossenen Augen allein zu »French Kiss«, als wir gehen.

Milchreis statt Kluge

Oktober 2003

Ein paar Tage war die Nichte mit ihrem Freund zu Besuch. Beide machen demnächst wohl ihr Abi, drüben in Westdeutschland. Als zu Hause arbeitender Alleinwohner nimmt man sich plötzlich selbst durch die Augen der Besucher als komischen Onkel wahr. Wir aßen Milchreis mit Zimt und Zucker, weil Kinderessen jedem schmeckt, und guckten *Tatort*. In dem *Tatort* ging es um eine Gruppe ehemaliger Linksradikaler, die vor dreißig Jahren bei irgendeiner Aktion einen Wachmann erschlagen hatten. Das Verbrechen wurde nie aufgeklärt. Die ehemaligen Linksradikalen haben nun bürgerliche Berufe und werden erpreßt. Die Hauptfigur ist ein gescheiterter und geschiedener Melancholiker, dem seine Frau vorwirft, sich nie um seinen Sohn gekümmert zu haben. Das Politische taucht in dem Film eher als wahnhafter Irrsinn auf. Obgleich die Helden fünfzehn Jahre älter sind als man selbst, fühlt man sich auf so eine peinliche Weise ertappt, wenn sie da rumsitzen, davon erzählen, wie sie mal Rudi Dutschke die Hand gegeben haben, und blöde kichern, als sie einen Joint rauchen. Achtundsechzig war die Sehnsucht der eigenen Jugend. Beim Fernsehgucken mit der Jetztjugend schien das wahnsinnig lange her. Später gab's auf XXP *Die Patriotin* von Alexander Kluge von 1978. Großartig grüblerischer Film. Dabei kam man sich aber auch sehr seltsam vor, weil man solche Filme so sehr geliebt hatte und weil sie nichts mehr mit dem heutigen Bewußtsein zu tun haben und weil man Stunden bräuchte, an Politik nicht interessierten 18jährigen zu erklären, weshalb Kluge, Godard oder Achternbusch wichtig waren. Plötzlich kam man sich selber wie so ein Klugefilm vor – wie schade, daß es so was nicht mehr gibt.

Rotband hing in der Luft

Oktober 2006

Mit den Fenstern kamen die Männer am frühen Morgen, und ich ging mit meinem Laptop woanders arbeiten. In dem befreundeten Betrieb war ein Schreibtisch frei. Rauchen galt hier als Verbrechen. So saß ich wie ein Auto ohne Benzin stundenlang am Fenster und starrte Löcher in die Luft, machte kurzatmige Notizen und manchmal Fotos von Leuten, die auf den Balkonen des Hauses auf der anderen Seite rauchten. Abends ging ich nach Hause. In den Zimmern war es sehr staubig. Rotband hing in der Luft und bedeckte die Dinge in feinen Schichten. Ich ärgerte mich darüber, daß die Arbeiter die Dinge, die abzudecken waren, mit meinen Vorhängen abgedeckt hatten. Wutentbrannt verdächtigte ich sie, zu Hause Wandschränke, Sofagarnituren und dergleichen zu haben, und wischte den Boden. In ihren Augen war meine Inneneinrichtung sicher asozial und nicht schützenswert. Ich beschwerte mich. Der Mann am Telefon sagte: »Aber bitte nicht böse sein«, und mein Ärger war wieder verflogen. Die neuen, schönen Plastikfenster waren komisch. Weil man die Straße nun kaum noch hörte, fühlte man sich wie in Watte gepackt. Oder eigentlich wie in einem Unterwasserboot, denn die neuen Fenster wurden bald schon wieder mit Plastikfolien verklebt. Seltsam bei solchen Renovierungsarbeiten ist auch immer, daß ja nicht tagtäglich fröhliche Bauarbeiter vor dem Fenster ihrer Arbeit nachgehen, sondern daß sie eher selten auftauchen und sich alles immer so wahnsinnig lange hinzieht. Manche Gerüste bleiben jahrelang stehen, ohne daß etwas passiert, und nur die ganz Alten erinnern sich noch daran, wie es einmal ohne Gerüst war.

Im Strudel des Atlantik

September 2005

Es ist angenehm, am Nachmittag am Ufer auf der Seite des Urbankrankenhauses zu lesen. Der Sommer ist längst vorbei, und nur vereinzelte Menschen sind übriggeblieben. In der Nähe sitzt ein dünner Mann in der Art von Kleidern, die oft ältere *motz*-Verkäufer wählen. Oder der iranische Präsident. Also *street credible*, sandfarben und schon etwas älter. Er sitzt und liest ein Buch wie ich. Später kommt ein anderer und setzt sich zu ihm. Sie sprechen Norddeutsch miteinander. Automatisch hört man Teile. Der eine fragt, was der andere lese, und der andere antwortet nach einer Weile, sein Vater sei im Krieg gefallen. Abgeschossen über dem Atlantik. Aus irgendeinem Grunde sei der Vater in diesem Flugzeug über dem Atlantik plötzlich allein gewesen. Die anderen hätten Feuerschutz geben sollen, seien aber plötzlich weg gewesen. So sei er abgeschossen worden und in den Atlantik gefallen, der ja bekanntlich immer kühl war. Der Vater sei also in einen Strudel geraten. Und wenn du erst mal in so einem Strudel bist, ist es schwierig, wieder rauszukommen. Sie sprechen über diesen Strudel, als sei's gestern gewesen, während ich in der Autobiographie von Marc Almond (*Tainted Life*) das Kapitel über seinen Drogen- und Tablettenentzug in einer Promiklinik in der Nähe von Canterbury lese. Neugierige Journalisten hätten ihn belauert. Er hätte mit der britischen Presse über seine schwere Tablettensucht sprechen wollen. Das hätte die Journalisten aber nicht interessiert. »Then I was offered 100000 pounds for a story if I had AIDS.«

Share your Moments

September 2004

Spätestens seit *Big Brother* möchte jeder live sein in seinem Leben oder möchte sein Livesein mit anderen teilen mittels moderner Technologien. Die sind hilfreich, verweisen aber letztlich immer auf Mängel. Das Chatten endet immer mit der Feststellung, wie schade es doch sei, daß man in echt so weit weg ist. Im Handy unterhält man sich mit Geistern von Freunden und wird selbst zum körperlosen Geist, jedenfalls, wenn man einfach nur plaudern möchte. Einer hilflosen Geisterbeschwörung ähnelt auch der beliebte Anruf vom Konzert. Man ruft jemanden an, von dem man weiß, daß der den Musiker da mal verehrte, und hält das Handy bei einem wichtigen Stück Richtung Lautsprecher, damit der andere auch dabei ist. Leider ist es oft so, daß der Angerufene Gründe gehabt hatte, nicht auf das Konzert zu gehen – weil er sich nicht so gerne in Retrosentimentalitäten kuscheln mochte. Und wenn, wäre man unglücklich über die Handyliveübertragung, weil man ja nicht da ist, wo's so toll ist. Und daß es ganz toll ist, wo man nicht ist, möchte einem ja der Handyfreund vermitteln. Ich guckte, was die Wahlen machten, und David Bowie sang »Heroes« im Telefon. Die *Sopranos*-Cassette war gerade großartig, als der junggebliebene Sänger wieder am Telefon war. »Far out«, »freak out«; »Moonage Daydream« quäkte blechern aus dem Hörer, den man neben sich aufs Sofa gelegt hatte. Während Bowies Altersgenosse Stoiber über seinen Wahlsieg sprach, sang Bowie im Telefon »Ziggy Stardust«, und irgendwie hatte man ein schlechtes Gewissen, als man ihn versehentlich ausstellte.

Krähen über dem Grab

November 2005

Als es am Nachmittag endlich dunkel war, Regentropfen gegen das Fenster prallten, im anderen Zimmer die *Pastorale F-Dur* von Bach lief, von der alten, schweren Schallplatte, die ich von C. geerbt hatte, schien alles für einen Moment wieder leicht zu sein. Die Kratzer auf der Platte kannte ich seit 21 Jahren. Ich glaube nicht, daß es mehr geworden sind. Oder die, die dazugekommen sein mögen, bedeuteten nicht viel. Die entscheidenden Kratzer waren immer schon dagewesen, längst waren sie zum Teil der Musik geworden und von ihr nicht mehr zu trennen. Sie nahmen den Schwung der Bachschen Orgelmusik auf; in dem Sinne, daß die Kratzer die Melodie fortzuführen schienen, und in dem Sinne, daß die *Pastorale* im Kopf entstanden wäre, wenn man zuvor die Kratzer von der Musik gereinigt hätte. Ich dachte an G.'s Beerdigung ein paar Tage zuvor; an die morgendliche S-Bahnfahrt nach Zepernick und wie man unsicher dagestanden war und später das langsamer werdende Vergehen der Zeit zwischen den Worten gespürt hatte. Als die Urne in die Erde gelegt wurde, kreiste ein Vogelschwarm über dem Grab. Hast du das auch gesehen? Krähen, sagte später jemand. Obgleich sie alles Jenseitige immer für Augenwischerei gehalten hatte, war G. noch anwesend, und ich versuchte, mich zu erinnern, ob der Vogelschwarm tatsächlich seine Richtung verändert hatte. Das war aber ganz eindeutig; aus dem Pfeil war ein Kreis geworden für einen Moment über ihrem Grab. Später gingen wir wieder Flippern. Es regnete ganz angenehm. Wir gingen die Gneisenaustraße Richtung Südstern, nicht ganz gerade, denn M. versuchte so zu gehen, daß sein Regenschirm auch mich vor dem Regen schützte, ich versuchte dagegen, weil mich die Berührung störte, ihm auszuweichen.

Traurige Nachtigall (Ein schweres Leben)

November 2001

Der November ist traurig. Die Tage gehen so dahin. Eben war's noch hell, schon ist es wieder dunkel, und man hat den Plan wieder verfehlt, obgleich er zu erfüllen gewesen wäre, denn eigentlich hatte man sich heute nur überlegen wollen, was man so machen will. Nun ja. Anderen geht's schlimmer. Zum Beispiel Friedrich Steinhauer, bekannt als Nachtigall von Rahmersdorf. Als Kind hatte er in vielen Filmen mitgespielt, später bei Achternbusch und Praunheim, auch Hauptrollen. Er kam nach Berlin, und leider klappte es dann doch nicht mit dem Durchbruch. So singt er jeden Tag in Lokalen, Gassenhauer von früher und das »Ave Maria«. Ein schweres Leben. Wir kennen uns lange schon; manchmal treffen wir uns auf der Straße, manchmal ruft er auch an. Und wenn ich nicht da bin, nimmt das dann der Anrufbeantworter auf. Sein letzter Anruf hatte traurig geklungen: »Du wolltest doch was über mich schreiben, und du hast es vergessen. Ich geb dir noch mal meine Adresse, und dann tust du dich mit mir in Verbindung setzen, gell. Wir müssen uns unbedingt zusammensetzen. Weil: Ich hab in einem Lokal gesungen, da in der Käthe-Kollwitz-Straße, und die Leute waren so begeistert von mir, aber es hat mir kein Mensch was gegeben, und da hab ich vor Wut jemandem auf die Schulter geklopft, und der hat mich genommen und wie ein Paket rausgeschmissen, daß ich einen Halswirbelbruch hab, und das Auge ist kaputt. Da wollten sie mich zwei Wochen zur Beobachtung ins Urbankrankenhaus. Bin ich wieder abgehauen. Das muß ich mir doch nicht als junger Mensch gefallen lassen; ich seh ja sowieso so furchtbar aus, ich seh sowieso älter aus, als ich bin. Und dann muß ich seelisch drunter leiden, nur weil ich nicht so dick und verfressen aussehe wie andere junge Menschen. Die essen ja nicht, die fressen ja auch, oder?!

Denk an mich. Bitte! Du kannst mich anrufen. Ach, geht ja nicht. Du kannst mir jetzt schreiben, okay? Sei so nett! Servus. Okay. Goodbye, goodbye.«

Falschmatt

November 2005

B. war sehr nervös an diesem Abend, am nächsten Tag hatte er einen Interviewtermin beim Arbeitsamt. Es ging um eine Stelle, an der er durchaus interessiert war, auch wenn er immer wieder betonte, daß das doch eigentlich völliger Unsinn sei, schließlich würde er nur hundert Euro mehr im Monat erhalten, wenn er den Job bekäme. Er sagte das so oft, daß man den Eindruck hatte, diesmal habe er tatsächlich Lust, wieder zu arbeiten. Aber mit was für einer Haltung sollte er da hingehen? Sollte er durchscheinen lassen, daß ihn das sehr interessierte, was auf großen Streß hinauslaufen könnte, denn dann wäre die Angst, die Stelle nicht zu bekommen, ja sein unübersehbarer Begleiter, dann würde sich eine große Prüfungspanik aufbauen und jede Lockerheit ginge verloren, oder sollte er einfach so hingehen, wie man zu einem alten Kumpel geht? Mal vorbeischauen, was der Achim (der ihm zugeteilte Arbeitslosenbetreuer) so macht, wie der die Dinge jetzt so sieht. Auch politisch. Draußen regnete es. Es war Herbst. Wir mußten jetzt unbedingt Schach spielen. Wir spielten Schach, wie wir früher immer Schach gespielt hatten, nur ohne Hasch. Gutgelaunt schaute er auf das Brett. Das Spiel war völlig illegal. Statt auf dem weißen, hatte seine Dame auf dem schwarzen Feld gestanden. Wir hatten dennoch weitergespielt, weil das ja auch mal sehr interessant ist. Meine Stellung war prima. Dann war er am Zug und schlug triumphierend lächelnd mit seiner Dame einen Bauern. Und sagte: »Matt!« Was er jedoch für einen Läufer gehalten hatte, der den Angriffszug seiner Dame gedeckt hätte, war in Wirklichkeit ein Bauer. Begeistert schauten wir auf die Verwechslung. Einen Bauern für einen Läufer zu halten; das war keinem von uns bislang passiert. Drei Züge später war er matt. Draußen regnete es immer noch und roch wie November.

Blinkendes Nirwana

November 2003

Die ersten Monate in der Kneipe hatte er immer alleine am Flipper gestanden, und wenn man ihn dort besuchte, hatte er oft gesagt, daß er allein sehr viel besser spielen könne. Einerseits war der ehemalige Revolutionär menschenscheu, andererseits neugierig, und der Flipper war der Türöffner zur Gesellschaft der anderen gewesen, die hier sonst noch herumsaßen und mit denen er sich im Laufe der Jahre dann befreundet hatte. Er spielte seit mehr als dreißig Jahren, holte regelmäßig Freispiele, doch zum Highscore hatte es nie gereicht. An diesem Abend sah es verdammt gut aus. Mit der ersten Kugel hatte er schon das Freispiel geholt, die zweite war so lala und die dritte sensationell. Scheinbar endlos hielt er die Kugel im Spiel, herrliche Rechts-links-Kombinationen gelangen, Durststrecken, in denen er nichts traf, wurden souverän überbrückt, einen eigentlich nicht zu rettenden Ball, der genau in der Mitte auszugehen drohte, rettete er mit einer Kombination aus einem wohldosierten Schlag und vor allem dadurch, daß er den linken Flipper vielleicht eine zehntausendstel Sekunde früher betätigte als den rechten. Kleine Ewigkeiten lang jonglierte er gar mit fünf Bällen. Überall blinkte und leuchtete es bunt. Wenngleich schwitzend hinter seiner Brille, schien er doch das Nirwana erreicht zu haben. Das Flippern war ihm ein wirkliches Flippern und gleichzeitig auch ein Nichts, wodurch das Flippern noch kühner, noch entschlossener, noch wirklicher wurde. Wenige Punkte trennten ihn noch vom Highscore. Was nun geschah, geschah in Sekundenschnelle: Vier junge Türken kamen, einer von ihnen stellte sich neben den flippernden Freund, klopfte ihm leutselig auf die Schulter, sagte freundlich, er heiße soundso, versuchte, ihm die Hand zu geben, und das war's dann. Das spätere Angebot, mit ihnen was zu rauchen, lehnten wir ab.

Geh zu Hause
September 2003

Am Nachmittag klingelte das Telefon. Eine Jungenstimme sagte hastig: »Ja, ey, ich ficke deine Mutter.« Dann legte er schnell wieder auf. Irgendwie war man ein bißchen enttäuscht, nicht über die skurrile Beleidigung, sondern darüber, daß er so schnell aufgelegt hatte, daß man also keine Möglichkeit mehr hatte, zu antworten – »Na und« oder »Na, du bist ja einer«. Im Gegensatz etwa zu »Du Opfer« kommt einem »Ich ficke deine Mutter« nicht wirklich beleidigend vor, und man wundert sich, daß viele türkische Jungs das noch nicht verstanden haben. Andererseits ist »Ich ficke deine Mutter« ja mittlerweile zu einer Berliner Standardbeschimpfung geworden. Wie etwa auch »Geh zu Hause, alte Scheiße«. Mit »Geh zu Hause, alte Scheiße« macht S. oft Punkte an Abenden, wo man halt zusammensitzt und gerade keiner etwas sagt. Sie sagt, das sei in vielen Schichten verbreitet. Sie habe diese schöne Formulierung am Kotti gehört, aber einmal habe das auch ein gutgekleideter Architekt zu seiner Sekretärin gesagt. Der Sekretärin sei das Gesicht runtergefallen, und sie habe in Tränen das Weite gesucht. Besonders perfide sei dabei gewesen, daß die Beleidigte gar nicht alt war. Seltsam, wie die Leute miteinander reden.

Bücherballast

November 2002

Es gab zu viele Bücher hier. Die mußten weg. Als freier Unternehmer seiner selbst hatte man in der neuen Wohnung einen entschiedenen Bücherabbau angeordnet. Bücher auszusortieren ist traurig. Die Bücher, die im Flur gestanden hatten, waren zuvor schon aus den Lebensräumen aussortiert worden und hatten ein, zwei Jahre nur noch eine eher dekorative Funktion gehabt; gefüllte Bücherregale wirken beruhigend durch die gemischten Farben der Buchrücken. Die Bücher mußten trotzdem weg, man hatte sie mal gelesen oder nicht gelesen, und die Erfahrung der letzten Jahre lehrte, daß man sie nicht mehr brauchte: die alten, grauenhaften Rock- und Jazzlexika, Bücher, die man mal rezensiert hatte, das gesammelte Werk eines ehemaligen Bachmann-Preisträgers, den man live letztlich besser gefunden hatte als gedruckt, Bücher von Hermann Hesse, die man als Teenager mit Begeisterung verschlungen hatte, Bücher von Freunden sogar und der ganze Unikram.

Auch wenn man weiß, daß es vom ethischen Standpunkt keinerlei Unterschied macht, ob man Geschirr, alte Schuhe oder Bücher wegschmeißt (überall steckt geronnene Arbeits- und Lebenszeit drin), und daß es eigentlich am vernünftigsten wäre, die Bücher zu verbrennen, kommt es einem unmoralisch vor. Allein das Wegwerfen der Unisachen war ein Vergnügen. Später kam eine nette Antiquarin und nahm das meiste. Einige der Bücher werden schnell neue Freunde finden, andere die nächsten Jahre im Antiquariat verstauben, und den Rest wird der Antiquar wegschmeißen müssen. So ist man fein raus.

Falsche Heimat

November 2004

Es war halb acht am Abend, in der Kneipe lief Ska-Musik aus den Achtzigern. Wahrscheinlich hatte der Wirt sie wegen uns angestellt. Um uns ein Gefühl von Heimat zu geben, weil er vielleicht dachte, wir hätten solche Musik vor zwanzig Jahren sicher gern und viel gehört und würden bestimmt gerne bei dieser Musik flippern. Irgendwie war die Musik aber eine Anspielung auf unser Alter, ein versteckter Angriff, dachte ich leicht paranoid; wie eine Schale mit Brei, die man den Alten am Rande hinstellt, weil sie zahnlos sind und zu sehr sabbern. »Opa, ich hab dich lieb«, dachte ich und notierte »glänzendes Lebensenttäuschungsmanagement« angesichts einer flotten Kugel von M. Wenn man aber genauer auf die Musik hörte, schien sie doch eher aus den Neunzigern zu kommen, und wenn man sich Büffel, den freundlichen Wirt, genauer ansah, schien es eher so, daß es die Musik war, mit der er sich in seine Arbeit eingroovte. Andererseits, dachte ich etwas unlogisch, paßte die Ska-Musik, die weder M., der Ältere, noch ich, der Jüngere, je besonders geliebt hatte, trotzdem zu uns: als angemessen falsche Illustration des falschen Lebens. In diesem Sinne – also wenn die falsche Umgebung die adäquate Beschreibung unser selbst ist – war der hintere Raum der Kneipe kurz vor dem Klo der uns angemessene Wellnessbereich, exakt auf unsere Bedürfnisse zugeschnitten. »Am Rande, aber doch dabei«, dachte ich, während Glen Danzig da so herumrockte und wir Flipperfit rauchten, um das Spiel besser vergessen zu können. Dann kam Büffel mit unserem Bier, schaute uns wohlwollend an, und alles war eigentlich okay.

Im Blumenkasten

November 2005

Manchmal kommen mir meine Pflanzen etwas irre vor. Vor drei Fenstern der zwei Zimmer im zweiten Stock bilden sie einen ersten Verteidigungsring. In dem ersten Blumenkasten lebte eine Zeitlang ein Baum ohne Namen, der blattlos schön und herbstlich ausschaute. Eigentlich war er zu groß für den Blumenkasten. Von der Straße her gesehen, sah es aus, als würde er panisch mit vielen Händen wedeln. Die Geste des Baumes wirkte hilflos und übertrieben, vielleicht übertrieben hilflos. Die Gefahr, die von den in das Zimmer zielenden tödlichen Pfeilen der gegenüberliegenden Häuser ausgeht, ist allerdings auch groß. Um das zu spüren, muß man nicht lange Feng Shui studiert haben. Wobei das »tödlich« ähnlich richtig und falsch zu verstehen ist wie das auf der Zigarettenschachtel, sich also auch – darin dem Baum ähnlich – etwas aufplustert. Am Anfang war der Baum ein Samen gewesen. Vor einigen Jahren war der in den Blumenkasten geflogen. Irgendwann begann der Baum ohne Namen zu wachsen, bis er am Ende vielleicht einen Meter zwanzig hoch war. Seine Wurzeln hatten sich im ganzen Blumenkasten verbreitet, so daß er die jüngeren Blumenkastenpflanzen behinderte. Statt ihn in die Mülltonne zu schmeißen, pflanzte ich das Bäumchen draußen in eine Bauminsel, neben einen richtigen Baum, wo es dann schnell verkümmerte.

Orange
November 2006

Eigentlich war es wie immer gewesen. Berlin war noch viel düsterer, als ich es in Erinnerung gehabt hatte. Als hätte jemand den Dimmer runtergestellt. Es schien auch nicht mehr die Sonne. Oder jedenfalls nur manchmal. Und manchmal regnete es wohl auch, doch im Zimmer bekam man wenig davon mit. Das Gerüst stand ja immer noch vor den Fenstern, und an die Fenster waren Plastikplanen geklebt, so daß das Außen von innen kaum zu sehen war. Hin und wieder nur huschten die Schemen von Bauarbeitern vorbei. Meist aber gar nichts. Die hellblaubleichen Vorhänge, die ich bei Karstadt gekauft hatte, weil sie sich weich anfühlten, waren zugezogen, die Innenlichter voll angestellt; gedämpft nur hörte man von den Straßen da unten die Automotoren, leiser als mein Tippen auf der Tastatur. In der Nacht war ich nach einem Traum von früher plötzlich aufgewacht.

Dieser Traum hatte in der Küche der Kindheit gespielt. Ein Klassiker: Man sieht jemanden, der eigentlich tot ist, drückt auf den Lichtschalter, der nicht reagiert, wacht auf, geht auf die Toilette und versucht dann so lange weiterzuschlafen, wie es geht. Im Halbschlaf am Morgen hatte eine SMS geklingelt, in der stand, daß es vielleicht besser wäre, mein Fahrrad, das ich ans Gerüst angeschlossen hatte, wegzustellen; es sei schon ganz mit Farbe bekleckert. Als ich dann rausging, war das Haus fertig gestrichen – von oben bis unten orange. Zu orange eigentlich, wenn man davorstand, doch in ein paar Tagen, ohne das Gerüst, würden die Fenster des Hauses auf der anderen Seite unser Orange zurückwerfen. Wir würden in den Himmel gucken, und es wäre schön.

Winter

Kohlen sparen

November 2002

Das Jahr geht seiner Wege, und böse guckt der Winter. Es verändert sich die Welt ofenbeheizter Wohnungsmenschen. Am Schreibtisch fließt Kälte die Hosenbeine hoch, und die Füße klagen da unten. Manchmal raucht man am Morgen, weil der Rauch den Bauch und die Glut das Zimmer wärmt. Vor dem Schreibtisch treffen kalte auf wärmere Luftmassen, was möglicherweise zu einem Wirbelsturm führen könnte. Diesen Winter war ich entschlossen, ohne Kohlen zu überstehen, und verheizte statt dessen die Möbel, die Kollege Vormieter zurückgelassen hatte. Möbel zu verheizen verband die hohe Kunst der Lebenspraxis mit existentialistischem Heroismus. Jeden Morgen ging's in den uralten Keller, wo Gespenster wohnen und die Preßholzplatten der auseinandergebauten Schränke zersägt wurden. Bleich war das Licht, von der Decke hing eine Spinne. Die Säge machte ordentlich Krach. Abends gruselte man sich manchmal; morgens war das Sägen gesund, und es machte Spaß, den Stühlen die Beine zum Frühstück auszureißen. Die direkte Umsetzung von Arbeit in Wärme verminderte allmählich den ganzen Unsinn, der im Keller herumstand und einen ja nun nicht das ganze Leben begleiten sollte. Wenn man spazierenging, nahm man manchmal auch was von der Straße mit; zerhackte Baumbestandteile, die weit besser brennen als Apfelsinenkisten, die's aber nicht mehr so häufig gibt wie früher. Eine Weile hatte ich die fixe Vorstellung, mir Pantoffeln kaufen zu müssen, von der ich dann aber wieder Abstand nahm; in flauschige Pantoffeln mit Tiergesichtern zu treten war zu kraß, die normalidiotischen aus Plastik waren zu teuer.

Station

Dezember 2006

Der Stationsflur war schmal. Die Geräusche darin hallten. Auf einem Tisch an der Wand standen Thermoskannen mit Kaffee und Tee. Wir gingen in das Raucherzimmer. Das war ein kleines, fensterloses Quadrat in Brauntönen. Gemütlich war woanders. Eine Patientin und ihr Besucher saßen dort und rauchten. Der Tisch war voller Asche und Tabakkrümel, wahrscheinlich war kurz zuvor der Aschenbecher umgefallen. Das Zimmer sah aus wie ein Verhörraum aus einem osteuropäischen Film. Ein Pfleger kam. Ihm war der Zustand des Raums wohl peinlich. Er sagte, wir könnten auch woanders, auf der Terrasse, rauchen. Während der Tag dunkler wurde, saßen wir an diesem feuchten Holztisch dann dort draußen. Es fühlte sich ernst an. Viel redeten wir nicht. Wie ein guter Gastgeber hatte sie sich ganz selbstverständlich auf den schlechteren Platz gesetzt; da, wo manchmal nasse Luft hinwehte. Wir schauten aus dem ersten Stock auf den Hof. Einige Bäume streckten ihre nackten, schwarzen, schmalen Äste nach oben. Es war ein grauer, nasser Novemberabend Anfang Dezember. Ich sagte, genau so ist der typische Berliner Winter. Aber es ist doch noch warm, erwiderte sie. Ich wußte nicht, was ich sagen sollte, was ich fragen sollte, und sie sagte, jetzt fiele ihr auch nichts mehr ein. Dann klingelten wir und gingen wieder auf die Station. Im warm und optimistisch gestrichenen Aufenthaltsraum sprach mich eine lustig lächelnde Frau an. Ich bin Soundso. Wie heißt du denn? Und ob ich was zu kiffen dabeihätte. Nö, hatte ich nicht. Dann ging ich mit meinem Fahrrad zusammen nach Hause.

Das Leben ist gefährlich

Dezember 2006

Ein leicht gebeugter Mann in meiner Größe, vielleicht Mitte vierzig, dunkel, irgendwie wollig oder fleecemäßig gekleidet, stand neben M. am Flipper und feuerte ihn an. Ein bißchen zu laut, aber seine Stimme war dabei nicht aufdringlich. Etwas stimmte nicht mit ihm, das merkte man, und daß er viel mehr noch wußte, vermutlich auch ungefähr, was es war, das nicht stimmte mit ihm. Er stellte sich zu mir und sagte: »Eins muß ich dir sagen: Das Leben ist gefährlich.« – »Ja. Hm.« – »Du mußt aufpassen: Das Leben ist gefährlich.« Ein paar Augenblicke standen wir schweigend nebeneinander, dann ging er an einen der Stehtische, und ich spielte weiter. Sein Auftritt hatte etwas von den Auftritten seltsamer Menschen in *Twin Peaks* oder bei Murakami. Ich dachte an den geheimnisvollen Mann mit dem Streichholzkunststück, den ich zu Beginn des Jahres in Helsinki getroffen hatte. Er kam noch einmal wieder und sagte dasselbe: »Das Leben ist gefährlich.« Und daß ich keine Angst vor ihm zu haben bräuchte. Er würde mir nichts tun. Es war kein Zufall gewesen, daß er mich angesprochen hatte. In mir hatte er den ähnlich Gestörten erkannt, und weil mir das klar gewesen war, ging ich auf sein Gesprächsangebot nicht ein.

Das schuldhafte Fahrrad

Dezember 2003

Die beiden paßten gut zusammen: Sie trug meist Blau, und ihr Fahrrad war rot. Es war schwer und stabil, mit zwei Stangen, edel geschwungenem Lenker und angenehmen Dahingleiteigenschaften. Aus den Fünfzigerjahren vielleicht. Sie hatte es in der Bastelabteilung eines Kreuzberger Fahrradgeschäfts gekauft und ein paar schöne Touren damit unternommen. Doch irgend etwas stimmte nicht. Sie pflegte es ordentlich abzustellen, und wenn sie zurückkam, lag es auf dem Boden. Einmal hatte jemand die Hinterreifen zerstochen und Flugblätter auf den Gepäckträger geklemmt, in denen die Verbrechen des Konzerns aufgezählt wurden, der damals Zyklon B hergestellt hatte und heute für die Antigraffitibeschichtung des Holocaust-Mahnmals zuständig ist. Zu spät hatte sie das kleine Schild aus Eisen bemerkt, auf dem »Degussa-AG Werk Kalscheuen« stand. Vermutlich war das Rad von einer anderen Firma hergestellt worden, hatte aber eine Weile in den Diensten des Problemkonzerns gestanden. Wahrscheinlich dachten die, die es beschädigt hatten, sie habe das Degussa-Schild extra drangelassen, als verstecktes Gesinnungszeichen, wie weiße Schnürsenkel an Doc-Martens-Schuhen. Vielleicht war ihnen das Fahrrad auch als Symbol der Massenvernichtung erschienen. Unglücklicherweise ließ sich das Schild nicht abschrauben. Welche Rituale erforderlich waren, das Rad von seiner vermeintlichen Schuld zu reinigen, war unklar. So überklebte sie das Schild mit Kreppklebeband und hoffte darauf, daß ihr bald ein neues Fahrrad zulaufen würde.

Peter Pan

Dezember 2004

Er ist ein völlig unerwachsener Mensch. Nichts an ihm ist erwachsen. Manchmal beschwert er sich stundenlang; die anderen hätten dies oder das bekommen, nur ihm sei immer alles vorenthalten worden, und dann kichert er wieder so komisch, und es ist wieder okay. Sein Körper ist gealtert, sein Geist, seine Seele sind nicht gealtert, aber das hilft ihm ja gar nichts, daß er nicht gealtert ist, daß er so ein vierjähriger Junge geblieben ist. Und manchmal auch ein elfjähriger Junge, so ein vorpubertäres Geschöpf jedenfalls, das voller Überzeugung »Iiiiiih« schreit, wenn dieses eine Video von Britney Spears auf MTV kommt. »Iiiiiiiiih – das ist ja ekelhaft!« Er trägt eine andere Zeit mit sich herum, die Vor-Beat- und Prä-Rock'n'Roll-Ära, diese Schlager, die viele Schwule ja auch so gut finden, die Fünfziger-, Sechziger-, Siebzigerjahre, in denen er sich nach den Dreißiger- und Vierzigerjahren gesehnt hatte, weil ihm die Sechziger und Siebziger zu modern waren. Er ist auf eine Weise ein kleiner Junge, wie man in den Fünfziger- und Sechzigerjahren vielleicht ein kleiner Junge war. Darin ist er sehr überzeugend, das macht seinen Reiz und seine Jugendlichkeit aus, und man findet es auch immer sehr berührend und schön, wenn er sagt, wie gerne er ein kleines »Hundchen« hätte, oder wenn er erzählt, wie die seine Wohnung desinfiziert hätten: »Zwanzig Mäuschen haben sie hier aus der Wohnung herausgeholt. Der Kammerjäger war gekommen. Ich wollte nicht, daß die Mäuschen sterben. Die Mäuschen haben ja nichts getan. Nur der Mäuserich war furchtbar. 28

Mäuschen sind hier umgebracht worden.« Wenn man in sein Gesicht schaut, sieht man darin manchmal das junge Gesicht dessen, der er einmal gewesen war, hilflos herumzappeln.

Erwachsenengedanken

Dezember 2004

Oft guckt das kleine Mädchen mit den dunklen Locken in der Wohnung gegenüber aus dem Fenster. Sie wirkt schüchtern, aber manchmal, wenn ich das Fenster geöffnet habe und rüberschaue, winkt sie. Und ich winke zurück. Wahrscheinlich hat sie keinen Kita-Platz bekommen, denke ich, und daß Kinder in den Kindergarten gehören. Sie wundert sich vielleicht, daß ich immer zu Hause bin und denkt, ich hätte niemanden zum Spielen, weil ich immer am Computer sitze. Vielleicht fühlt sie sich eingesperrt zu Hause mit der Mutter, die immer da ist und in der Wohnung herumwerkelt. Das ist aber ein Erwachsenengedanke, als Erwachsener denkt man natürlich, daß es für Kinder schlecht ist, wenn sie ständig mit ihren Eltern zusammen sind, aber das kleine Mädchen kennt ja nichts anderes; vielleicht hat sie ja auch eine Dreitagewoche im Kindergarten. Nach dem Aufstehen macht die Mutter jedenfalls den Fernseher an, damit auch noch andere Erwachsene sind in der Wohnung dort drüben. Am Vormittag, wenn die Sonne in die Wohnung scheint, wird gelüftet. Am Abend kommt der Vater mit dem Taxi nach Hause, und wenn das Mädchen schon längst schläft, wird der Fernseher ausgemacht. Auf der Straße habe ich das kleine Mädchen noch nie gesehen, jedenfalls nie bewußt – oft sagen mir ja auch Bekannte, daß ich sie übersehen hätte. Neulich rief sie mit ihrer kleinen Mädchenstimme »hallo«. Und ich hoffte, daß es deshalb vielleicht ein schöner Tag werden würde.

Schwindel, Schnitzel

Dezember 2002

Die Luft war schneidend kalt auf dem Fahrrad, das Richtung Warschauer Straße fuhr, und ich saß da drauf. Am Kopf waren Ohren, die taten weh in der Kälte, und über den linken Handschuh mit den Löchern an Daumen und Zeigefinger hatte ich einen Strumpf gezogen, der zwar auch Löcher hatte, aber die Löcher lagen nicht übereinander. Während die Hände so langsam abfroren, dachte ich grimmig an einen Text übers Fahrradfahren im Winter, den ich vor vier oder fünf Jahren für ein Magazin geschrieben hatte, für 1000 Mark. So eine Lifestyle-Geschichte, in der es darum ging, wie schön es ist, am frühen Morgen die Greifswalder runter in den Sonnenaufgang zu fahren, anstatt darum, daß man im Winter Fahrrad fährt, weil man kein Geld für die U-Bahn hat. Trotzdem hatte das Fahrradfahren damals mehr Spaß gemacht. Vermutlich, weil der Winter nicht so kalt gewesen war. Jetzt war es aber klirrend kalt, ich gab auf und fuhr zum ersten Mal seit Monaten wieder U-Bahn. Während es im Sommer in der U-Bahn furchtbar stickig ist und die Menschen vergrätzt ausschauen, ist das U-Bahnfahren im Winter super. Auf dem Bahnsteig guckt man sich solidarisch bibbernd an; in der U-Bahn ist es kuschlig warm, die Mitbürger schätzen ihre Mitbürger als bewegliche Wärmequelle, und besonders schön war es, auf dem U-Bahnhof Warschauer Straße zu warten und auf die Leuchtschrift des Hochhauses neben dem *Neuen Deutschland* zu gucken. Da stand »Schwindel«, vielleicht auch »Schnitzel« und war wohl eine Kunstaktion auf der Suche nach dem Realen.

Jemand spricht politisch
Dezember 2005

Wir saßen relativ gemütlich herum. Alles war unaufdringlich angenehm, im Fernsehen lief eine schöne Reportage über Hartz IV. Manchmal sagte einer etwas, manchmal ein anderer. Jedenfalls kam dann dieser Typ vorbei, ein alter Freund des einen, vielleicht noch aus Hausbesetzerzeiten. Schon bald begann er ohne Punkt und Komma zu erzählen, als hätte sich das alles in ihm aufgestaut, als hätte er tagelang, immer wütender werdend, Fernsehen geguckt. Es fing harmlos an, dann ging es aber, plötzlich schärfer werdend, ständig um »die wahren Machtverhältnisse«, die sich hinter den scheinbaren verbergen würden. Immer wieder sagte er den Satz: »Man muß die wahren Machtverhältnisse berücksichtigen.« Er fragte nicht, was wir darüber dachten oder ob uns das überhaupt interessierte; er redete wie ein Wasserfall, in einem Tonfall, als wäre da jemand im Raum, der ihm vehement widerspräche, doch da war gar keiner. Er machte Witze über Franz Josef Strauß, in denen es darum ging, daß man am billigsten an einen Starfighter käme, wenn man sich ein Stück Land kaufen und dann warten würde, bis haha; es ging auch um Chile, er klagte über »die Deutschen«, die Schönwetterdemokraten seien und sich nach einer Diktatur sehnten und wegen der Verhältnisse jetzt auf die Nagelprobe gestellt würden. Man werde schon sehen. Und die SPD, seit 1918 gehe das ja schon so: »Links blinken und rechts abbiegen.« Das sei schon immer deren Konzept gewesen. Während er redete, fühlte man sich immer beengter. Wahrscheinlich kam er aus einer Zeit, in der jeder Andersmeinende zum Todfeind erklärt wurde. Als ich ging, entschuldigte er sich für seinen Redeschwall.

Der innere Donnerstag

Dezember 2003

Dezember: Komisch, daß man sich so sehr von Monaten und Jahreszeiten beeindrucken und veranstalten läßt, daß einen die Dunkelheit berührt und bestimmt, die Festtage nervös machen, trotz aller Gemütlichkeit und schöner Radiosendungen (*Kakadu* am Sonntag). Einerseits ist der Dezember düster und unleidlich, andererseits sind die sonnigen Tage viel heller als im Sommer und beeindrucken sehr, wenn man blinzelnd gegen Mittag die Straße rauf- und runterrennt und manchmal stehenbleibt, um Hunde im Gegenlicht anzugucken und begeistert in SMSen davon zu berichten. Weihnachtsvorbereitend hatte es am dreiundzwanzigsten sedierende Programme gegeben. Um 11.34 Uhr zum Beispiel im Kulturradio die berühmte 68er-Weihnachtsgeschichte von Robert Gernhardt mit den studentischen Weihnachtsmännern, die die Eltern einer gutbürgerlichen Familie zur Weißglut und die Kinder in die Renitenz treiben. Robert Gernhardt las selber. Die türkische Bäckersfrau wünschte mir eine »schöne Feier«, und der Arte-Themenabend beschäftigte sich mit Buddha. In der Sendung hieß es: »Im Schatten des Himalaja führen die Mönche ein entbehrungsreiches Leben« und: »Siddhartha hat immer alles ausprobiert, um den Menschen alles besser erklären zu können.« Dann der Heiligabend: Man möchte Freunde besuchen, und deren Mütter stehen plötzlich in der Tür. Die Freunde waren schon berauscht, die Stimmung ging Richtung Silvester, und für wen's ein gutes Jahr gewesen war, der sollte sich melden. Aber so kann man doch nicht über Lebenszeit urteilen. Man besteht doch nicht nur aus Sonntagen. Ein Teil ist doch immer auch Dienstag, und es muß doch eigentlich darum gehen, auch den Donnerstag in sich selber zu akzeptieren; ja zu sagen zum Unerfreulichen. Das Leben ist doch gerade nicht der gerade Weg zum Besseren hin und so weiter, sondern. Als Ex-DDRler müßtet ihr das doch wissen. Obgleich andererseits. Bei Hegel gibt's ja zwischen den verschiedenen Etappen, die das unglückliche Bewußtsein auf seinem Weg zum Absoluten so dahintrottelt, die totale Verzweiflung, durch die es hindurchmuß. Nichts geht verloren, alles wird aufgehoben, also müßte man anders darüber reden. Später sprach der Glückskeks von schönen Dingen und F. von seinen Erlebnissen als Weihnachtsmann. Zwanzigmal Neukölln. Alles normal.

Fröhliche grüne Tasche

Dezember 2004

Wenn wir uns dann verabschiedeten, war es immer schön und in Ordnung gewesen. Sie hatte dann vor der Haustür gestanden, in diesem olivfarbenen Pullover oder in einem ihrer Kittel aus den Siebzigerjahren, der Muttiarbeitskleidung; ich hatte meine Tasche in den Kofferraum getan, den Kofferraum geschlossen, mich auf den Beifahrersitz gesetzt. Rückwärts waren wir langsam die enge Auffahrt heruntergefahren und hatten einander gewinkt. Mein Vater hatte sich erst angeschnallt, als wir schon auf der Straße waren. Immer war sie noch langsam die Auffahrt hinuntergegangen, um den Abschied hinauszuzögern. Sie hatte dann auf der Straße gestanden. Kleiner werdend, sahen wir nur noch unser Winken, und auf der Fahrt wußte ich nicht mehr, warum ich nicht einen Tag länger geblieben war und dachte an früher, als mein Vater mich immer zur Trampstelle Richtung Berlin gebracht hatte. Auf dem Parkplatz vor dem Bahnhof hatte ich die Tasche aus dem Kofferraum genommen. Diese unmögliche, lustige grüne Tasche, die sie mir einmal zu Weihnachten geschenkt hatten und die ich mehr als zehn Jahre immer benutzt hatte. Man hatte dieser Tasche angesehen, daß sie das Weihnachtsgeschenk einer Mutter gewesen war, die ihrem (immer zu blassen, immer zu dünnen) Jungen etwas Fröhliches hatte schenken wollen. Etwas, das den jungen Leuten gefiel. Wir hatten dann nebeneinander gestanden, hatten uns die Hand gegeben und »tschüß« gesagt. Er hatte sich ins Auto gesetzt. Kurz hatten wir einander noch gewinkt. Meist hatte es eine Zigarette lang gedauert, bis dann der Zug gekommen war. Und das Herz war voller Wehmut.

Instabiler Zustand

Januar 2004

Im Kopf ist es graurosa bewölkt mit Neigung zu kleineren Schauern. Manchmal kommt ein Kopfschmerz daher wie ein Blitz zwischen den Augen und Donnergrollen im Hinterkopf. Manchmal auch umgekehrt. Auf dem Nachttisch: Zigaretten, Paracetamol und Jägermeister. Auf dem Boden: verstreute Anziehsachen. Der Zustand: eher instabil; nicht so, daß man sagen könnte, es ginge einem schlecht, aber auch nicht gut genug, um auch nur daran zu denken, halbwegs entschlossen den Alltag wieder in Angriff zu nehmen. Draußen geht schon wieder Richtung Dunkelheit. »Hast du Aspirin?« – »Nur Paracetamol.« – »Na ja.« – »Na ja.« – »Calcium, Magnesium oder Multivitamin?« – »Magnesium ... nein, doch lieber Calcium.« – »Ich kann ja einen Magnesium-Calcium-Mix machen.« – »Nicht so gut. H. meinte, das würde sich neutralisieren. Oder man muß, glaub ich, Calcium vor und Magnesium nach dem Essen nehmen.« – »Vielleicht auch umgekehrt.« – »Vielleicht auch umgekehrt.« Je mehr man an das Instabile des eigenen Zustands denkt, desto instabiler fühlt sich das an. Im Kopf, im Gesicht, in den Augen, in den Händen. Hippelig auch die Sachen, die im Oberkörper sind. Oder in der Körpermitte. Flau, der Bauch zum Beispiel. Nur die Beine scheinen wohlauf zu sein und okay. Aber die Beine braucht man momentan nicht wirklich oder nur kurz halt, um über den Flur zu rennen. Blöd glotzt einen die Therme im Badezimmer an. Die Zigaretten rauchen sich so dahin, das neue Jahr ist eine schöne Landschaft von weitem, in der man ohne Regenschirm herumsteht, eine tolle Wohnung, die man noch nicht kennt, und an der Wand stehen die Umzugskartons; das neue Jahr ist schon da, nur man selbst noch nicht ganz. Wie Jetlag so ähnlich, und es geht einem auch nicht wirklich schlecht, nur die Leute im Fernseher sollten vielleicht etwas leiser sein.

Weiß auf schwarz

Januar 2005

Wenn man am Sonntag gegen zwölf nach dem Flipperspielen in der Kahuna Lounge nach Hause geht, hat man im Kopf so viele Sätze, die sich aneinanderreihen, sich verästeln, aber irgendwie, in gewisser Weise, doch ein geordnetes Ganzes ergeben. Wahrscheinlich liegt das am Licht, denke ich manchmal, während ich verraucht diesen Weg gehe, daß die Gedanken im Kopf, die am Schreibtisch nicht mehr zusammenpassen werden, hier draußen, auf der Urbanstraße, noch logisch sind. Das gesteigerte Vorstellungs-, Denk- und Wortverknüpfungsvermögen kommt vom Gehen in der nächtens immer menschenverlassenen Urbanstraße, die am besten aussieht, wenn sie naß ist. Am schönsten sind die nackten Äste der Bäume, die Straßenlampen und das düster viktorianische Urbankrankenhaus im Nieselregen. Die Nässe der Urbanstraße reflektiert ja die Welt an sich schon, und daß es unten, am Boden also, eigentlich dunkel ist, ist sehr wichtig, denkt man, und daß man wohl nur dann geordnet denken kann, wenn es unten dunkel ist. Vermutlich besteht der Unterschied zwischen Schreiben und Denken darin, daß das Schreiben schwarz auf weiß geschieht, während beim Denken weiße Wörter entstehen, die einen dunklen Hintergrund brauchen, sonst sieht man sie nicht mehr. Auch deshalb fürchtet man sich beim Nachhausegehen davor, gleich wieder in der eigenen Wohnung am Schreibtisch zu sitzen, denn der Boden in der Wohnung ist viel zu hell, und seine Ekelhaftigkeit wird von den Rauhfasertapeten multipliziert, die jemand da hingeklebt hat. So wird man da dann wieder sitzen und die Gedanken nicht mehr lesen können, die eben noch ein Ganzes ergaben. Ein paar Meter vor der Aufbewahrungsanstalt seiner selbst träumt man immer davon, in dieser Stadt fremd zu sein und wie früher mit seinem Notizbuch draußen zu schlafen.

Freitag's Schnap's

Januar 2003

Freund Winter hat alles fest im Griff. Nur wenn man muß, verläßt man das Haus. Draußen sind alle so eingemummelt, daß man keinen mehr erkennt. Die Menschen sehen aus wie Kaffeekannen mit übergezogenen Kaffeewärmern von früher. Die Kreuzberger Seiten- und Querstraßen erinnern an Moskau, wahrscheinlich, weil die Kälte auch das Licht irgendwie verändert. Vor seinem Laden steht der Gebrauchsheimwerkerbedarfshändler und grillt einen Fisch. Keine Ahnung, ob er aus der Türkei oder anderswo herkommt, diese Frage zu stellen kommt einem ja auch irgendwie komisch vor. Er verkauft mir jedenfalls eine Stichsäge zum Einkaufspreis, weil Kreuzberger einander helfen. Daneben steht ein anderer Mitkreuzberger. Als er hört, daß ich überwiegend mit Holz heize, sagt er, er habe noch Eierkohlen im Keller; die könne ich mir ja holen. So lernt man sich kennen im Winter und geht weiter. Bei Kaiser's, wo die Kohlen billiger sind als beim Kohlenhändler, gibt's keine Briketts mehr. Bei Plus, wo es ein »Purzelpreisfeuerwerk« gibt und Bier nur in Dosen, ist die Rede von der »Zwangspfandverpackungsverordnung«. Auf einem Schild steht »Hier Rückgabe von Zwangspfandverpackungen« und an der Kasse: »Zwangspfandmünzen nicht vergessen«. Die Zwangspfandmünzen erinnern an das DDR-Geld, und das Wort läßt einen an die Zwangsverordnungen der späten Weimarer Republik denken oder an Zwangsarbeit und irgendwie auch an das »Schanddiktat von Versailles«. Jedenfalls ist »Zwangspfandverpackungsverordnung« ein schönes Demagogikum, das viel besser klingt als »Teuro«, der ja im letzten Jahr das Rennen um das Wort des Jahres gewann. Auf dem Nachhauseweg lärmt es in der Eckkneipe, wohl weil »Dienstag's und Donnerstag's Baci und Futschitag« ist. »Freitag's und Samstag's« dagegen ist »Schnap's-Tag«.

Hello Darkness (my old friend)

Januar 2003

Der Winter ist kraß und wird noch ein paar Jahre dauern. Bewohner von Ofenheizungen haben es schwer, vor allem, wenn sie gerade unterbemittelt sind. Manche veranstalten Kohlenpartys, bei denen die Gäste statt Getränken ein paar Briketts mitbringen, manche machen Bänke kaputt, um sie dann zu verheizen, manche gehen mit Kinderwagen Kohlen holen. Das sieht romantisch aus am Nachmittag. Statt der Wohnung kann man auch seinen Körper erwärmen, im Liquidrom, was ganz schön ist, trotz dieser grauenhaften Eso-Musik, die überall dort zu dominieren scheint, wo Menschen ihre nette Mitte finden sollen, was ja an sich ein vernünftiges Projekt ist. Weil so viele im Winter ins Liquidrom gehen, stößt man häufig an andere, wenn man etwa als toter Mann auf dem Rücken liegend im Wasser treibt. In der Sauna ist es seltsam, weil man nicht genau weiß, ob man nun »guten Tag«, »guten Abend« oder

»hallo« sagen soll. Meist sagt man gar nichts und denkt darüber nach, was die anderen wohl denken, die vermutlich auch nichts anderes denken. Am angenehmsten ist es, draußen in dem 40 Grad warmen Yakuza-Bad herumzusitzen und sich vorzustellen, man sei in diesem schönen Winterfreibad in Moskau, das es nicht mehr gibt. Zu Hause gibt's auf Viva dann den *Summer of Love*: »Wir waren jung. Wir feierten, und wir träumten alle einen gemeinsamen Traum: Summer of Love. In diesem Sommer dachten wir, wir könnten die Welt verändern. Und was wären wir ohne die Musik gewesen. Unsere Helden waren: The Byrds, The Mamas & Papas, Barry McGuire bei shop direct für nur 49 Euro plus Versand.«

Messer im Kopf

Februar 2006

Es war schön und immer noch prima kalt an diesem Nachmittag. B. hatte sein Auto geparkt, und wir gingen mit den Schlittschuhen in Tüten zum Neuen See hin. Zwei junge Frauen gingen vor uns etwas unsicher auf weißen Schlittschuhen. Als wir sie überholten, fragten sie, ob wir ihnen einen Arm leihen könnten. Irgendwie war es verwirrend, mit den beiden Unbekannten am Arm so zu gehen. Außerdem war die Frau auf ihren Schlittschuhen, die sich dann an meiner Schulter festhielt, viel größer als ich. Schweigend so zu gehen wäre komisch gewesen; so sagten wir alle irgend etwas, bevor sich unsere Wege wieder trennten. Später sah ich, wie die eine der anderen das Laufen beibrachte. Deren unsichere Bewegungen hatten etwas Rührendes. Ich aber war in meinem Element, auch wenn es holprig war, der Schuh etwas drückte und es Zeit brauchte, die frühere Gewandtheit wiederzufinden. Irgendwo war eine Platane, wohl wegen Umkippgefahr, abgesägt worden, und rote Sägespäne lagen auf dem Eis. Schlittschuh laufend hatte man das Gefühl, das Eis besser zu machen. Im Dunkeln fuhr man ein letztes Mal zum S-Bahnhof Tiergarten hinaus, als gäbe es gleich Abendessen. Nahe am Ufer liefen die kleinen Kinder. Manche hielten sich ängstlich am Arm von Erwachsenen, manche konnten es prima allein, auch wenn sie immer wollten, daß man hinguckte. Der eine kleine Junge war wohl von dem anderen geschubst worden und schimpfte sehr, allerdings zu seinem Vater gewandt. Er sagte, er würde dem anderen am liebsten ein Messer in den Kopf stechen, damit der nicht mehr richtig denken könne und falsche Antworten gebe, zum Beispiel sieben statt elf. Aber nachdem der ihm ein Brötchen gegeben hatte, waren sie wieder Freunde.

Respekt!

Februar 2004

Als wir in die Kneipe kamen, standen schon drei junge Türken an unserem Flipper. So setzten wir uns an einen Tisch, tranken Bier, rauchten Flipperfit, beobachteten ihre Spielkunst und füllten die Zwischenräume mit Worten. Als sie fertig waren, spielten wir, während sie am Tisch saßen, sich auf türkisch unterhielten, Cola tranken und was rauchten. Wir akzeptierten einander, ohne miteinander zu reden. Während ich flipperte, dachte ich, daß ich diesen Flipper eigentlich erst seit ein, zwei

Monaten wirklich gut kenne, obgleich wir schon seit mehr als einem Jahr miteinander spielen. Haruki Murakami hatte in seinem zweiten Roman *Pinball 1972* sehr gut die Beziehung, die man zur Maschine entwickelt, beschrieben. Der Flipper ist ja etwas Persönliches, fast wie ein Mensch. Man bemüht sich, respektvoll mit ihm umzugehen, und akzeptiert es, wenn er mal einen schlechten Tag hat, denn das gehört dazu wie die guten Tage, die's ja auch gibt. Nur unter dem Druck, ein verantwortungsvoller Lehrer sein zu müssen, hatte sich Murakami später von seinem frühen Roman distanziert. Dann machten wir Pause. Während wir uns ausruhten, ging einer der türkischen Jungs zum Flipper, warf zwei Euro ein, sagte »tschüß« und ging dann mit seinen Freunden. Verwundert scannten wir unsere Erinnerungen: Das war der Türke gewesen, der ungefähr zwei Monate zuvor in bester Absicht zu Freund M. gegangen war, um ihm die Hand zu geben, als der gerade dabei gewesen war, das Spiel seines Lebens zu spielen, was dazu geführt hatte, daß die Kugel verlorengegangen war. Und die zwei Euro, die er für uns in den Automaten gesteckt hatte, waren seine angemessen lässige Entschuldigung gewesen. Wir dachten: Respekt!

Zeitschleifen

Januar 2003

Im Winter ist Fernsehen manchmal schön. Man steckt ein paar Berliner in die Ofenklappe und genießt dann die Wiederkehr des Immergleichen, die ja nicht nur das Schlechte meint, sondern auch tröstend darauf hindeutet, daß es irgendwann einmal wieder Sommer werden wird. Und manchmal passiert auch Ungewöhnliches; nicht *Brennpunkt* oder *ZDF-Spezial*, sondern ein Versprecher des Tagesschausprechers, ein plötzliches Lachen da, wo es sich eigentlich verbietet, oder seltsame Déjà-vus: Man sieht eine Fernsehperson, die man gerade gesehen zu haben meint, sie setzt an zu sprechen, und man weiß plötzlich ganz genau, was diese Person sagen wird. Und wähnt sich für einen Moment in einer Zeitschleife. Derlei passierte vor ein paar Wochen bei einem *Tatort* und war wohl dramaturgisch beabsichtigt, denn die Person sprach davon, daß sie meinte, genau diese Situation, diese fünf Sekunden vielleicht, schon einmal erlebt zu haben. Noch seltsamer war es vor ein paar Tagen beim Zappen. Auf SFB gab es eine Sendung, deren Geheimnis darin zu bestehen schien, daß schräge Vögel sich auf witzige Art unterhalten. Interessant. Ich zappte weiter. Auf ORB lief das gleiche. Aber irgendwas war komisch; ich zappte zurück. Auf ORB war die Sendung noch nicht ganz so weit fortgeschritten, der Witz, der beim SFB schon erzählt worden war, hatte hier noch gar nicht angefangen. Ganz seltsam. Eine Weile zappte ich hin und her: Déjà-vus im Zeitalter ihrer technischen Reproduzierbarkeit. Die Zeit schien sich, anstatt fließend, plötzlich ruckartig fortzubewegen. Schön und interessant sind die Wunderlichkeiten der Apparate.

Finanzamt, Vollstreckung

Januar 2003

Vor ein paar Tagen hatte ein Zettel vom Vollstreckungsbeamten im Briefkasten gelegen. Er war dagewesen. Nur ich nicht. Zum Glück vielleicht, andererseits wäre es vielleicht auch interessant gewesen, wenn ich dagewesen wäre. Wir hätten schön Kaffee miteinander getrunken, über Fußball, Frauen und das Leben an sich geplaudert, später vielleicht noch einen Schnaps miteinander getrunken und wären bestimmt gut Freund miteinander geworden. In jedem Fall hätte er mir die Scheu vor dem Amt genommen, das ich die vergangenen Jahre häufig mit ausgesucht höflichen Anreden zu besänftigen versucht hatte. Weil ich nicht dagewesen war, als er dagewesen war, stand ich am nächsten Morgen früh auf, um mit meinem Vollstreckungsbeamten zu sprechen. Der Vollstreckungsbeamte ist nämlich vielbeschäftigt und nur zwischen acht und neun zu erreichen. Ich solle mal vorbeikommen, ein Vierteljahr tät er mir noch geben, nur müßte ich halt schon was Bares mitbringen. Super, tschüß und hallo, guten Morgen. Das Vollstrekkungszimmer lag unter dem Dach und hatte niedliche Fenster, die auf den Friedhof hinausschauten. Vier Männer saßen darin zwischen Zimmerpflanzen und rauchten Filterzigaretten. Alle hatten rote Gesichter, sahen sehr berlinerisch aus und machten einen freundlichen Eindruck. Überhaupt schien alles hier recht gemütlich. Eigentlich hatte ich meine Lebensgeschichte erzählen wollen, doch dafür interessierte sich keiner. Statt dessen nur: Wieviel haben Sie denn dabei? Ich gab ihm alles. Nächsten Monat sollte ich wiederkommen. Und den Monat darauf auch. Dann ging ich wieder meiner Wege, und die Vollstreckungsbeamten mußten ja auch ab neun da und dort in Kreuzberg noch dies und das vollstrekken. Zum Abschied bekam ich einen Zettel, der etwas irritierte, weil der, den ich für meinen Vollstreckungsbeamten gehalten hatte, nun plötzlich »Vollziehungsbeamter« hieß und »im Vollstreckungsauftrag« handelte. »Zahlen Sie bitte unbar!«

Kreutzburg vs. Gaaaaaaaarden

Februar 2002

Als alles eigentlich getan und die prominenten Dinge des Winters – Weihnachten, Silvester und die Berlinale – erledigt waren, und als man nach perversen Sommeransätzen und täuschenden Vorfrühlingstagen das Gefühl hatte, jetzt könnte das schöne Leben beginnen, war plötzlich der Winter wieder da. Dumm gelaufen für die einzigen Schuhe, die man hatte, bzw. für den eiskalten Fußfortsatz der Person, die in ihnen stand und, den Mund voller Rauch, warme Innensohlen haben wollte. Die teuersten warben mit »Wellness für die Füße« durch Wacholder-Zeder, kosteten zwölf Euro, fühlten sich ähnlich unpassend an wie die Einlegesohlen aus der Kindheit und waren demzufolge zumindest déjà-vu-technisch ein Erfolg. Auf dem Weg in die Markthalle stand »Alle hassen Ramona« an der Wand, und am Imbiß stand wieder Jonnie, der ein rot entzündetes jungenhaftes Gesicht hat, ungefähr sechzig ist und Hausmeister in meinem »Kiez«. Entweder steht er mit seinem Parka im Türeingang und winkt lustig, fast übertrieben, wenn ich mit meinem Fahrrad an ihm vorbeifahre, oder er steht halt am Imbiß. Er ist Bockwurst mit Bier, und ich bin Fleischspieß und der Tag wie gewöhnlich: kotzgrau. Weil auch Jonnie, der die üblichen Berufswege ging (Gartenbauamt), irgendwann aus Schleswig-Holstein nach Berlin kam, sind gewisse Vertrauensvoraussetzungen gegeben. Meist unterhalten wir uns über

Laboe, die Schneekatastrophe von 1978, das Segelschulschiff Gorch Fock sowie Vor- und Nachteile städtebaulicher Modernisierungen in Kiel. Und immer sagt er dann irgendwann seinen lustigen Standardsatz über den Kieler Stadtteil, der oft mit »Kreutzburg« (David Bowie) verglichen wird: »Gaaaaaaaarden mit acht a. Denn: der Schleswig-Holsteiner zieht ja immer alles in die Länge.« Auf diesen Satz als Höhepunkt steuern seine Reden immer hin, er wiederholt ihn, zur Imbißfrau gewandt, und wir lachen ein bißchen im Winter.

Handlungshemmung

Februar 2005

Die Tage glichen einander zumindest so stimmungsmäßig. Aber plötzlich war es sonnig schon am Morgen, ich schaute hinaus und sah den sonnigen Tag oder doch zumindest den Abdruck der Sonne auf der Wand des Hauses auf der anderen Straßenseite, die an anderen Tagen so schmutzig weiß und häßlich war. Kurz dachte ich: »Was für ein schöner Tag! Ich sollte doch vielleicht mal wieder hinausgehen.« Doch das war lediglich nur ein Nebengedanke, kein wirklicher Gedanke, der Schein nicht einmal eines Gedanken; ein Gedanke, der nichts mit der, also meiner Wirklichkeit zu tun hatte, der ganz immateriell war, weil nichts in mir war, das auf Handlung gedrängt hätte. »Ein schöner Tag« war ja eher so eine Phrase, wie »dankeschön«, wenn die Kassiererin bei ALDI mir Wechselgeld zurückgab. Daß ich das »danke« tatsächlich auch meinte und manchmal hoffte, die Kassiererin würde sich an mich erinnern, wenn ich es ein wenig übertrieben (wie mir sofort danach schien) betonte, spielt keine Rolle; außerdem ärgerte es mich ja immer gleichzeitig, auch wenn ich mir sicher sein konnte, daß sie das leicht Übertriebene an meinem »Danke« gar nicht bemerkte. Darüber hatte ich fast jeden Abend in dieser Winterwoche nachgedacht und mich geschämt dabei und noch einmal geschämt dafür, daß ich über solche Überflüssigkeiten nachdachte und über diesen Satz, den ich vorhin so nebenbei gedacht hatte, wohl wissend, daß ich eben nicht rausgehen würde, sondern meinen Tag am Computer, im Gespräch mit meinem Computer, verbringen würde: ein schöner Tag halt.

Lost

März 2005

Düster verschneit und still war die Mittenwalder Straße am Abend. Ich fummelte am Fahrradschloß herum. Von weitem rief jemand, den man nicht sah, laut »Mutti«. Ich blickte in die Richtung des Rufers, der näher kam. Der kleine Mann war Mitte Fünfzig, wie mir schien, und trug einen zerschlissenen Anzug. Man sah das alles, aber auch nicht so genau. Ich stellte mich jedenfalls so an mein Fahrrad, daß ich ihn in meinem Blick behielt, während er an mir vorbeiging; um reagieren zu können, falls es ihm plötzlich einfallen sollte, mich zu schlagen. Er ging aber weiter, ohne mich zu schlagen. Und als ich das Fahrrad dann aufgeschlossen hatte, hörte man ihn noch einmal von weitem, als ob er geschlachtet würde, laut »Mutti« rufen. Und dann kam Max Müller, der Sänger der Gruppe Mutter, aus einem Hauseingang raus. Ich erzählte ihm das eben Geschehene in der Annahme, das müsse ihn doch sehr interessieren. Er sagte so etwas wie »echt?!« Dann hörte man, nun schon viele Meter entfernt, den Mann noch einmal »Mutti« rufen. Bei aller Emotionalität und trotz der Lautstärke hatte sein Ruf etwas Leierndes, fast Schepperndes. Wahrscheinlich hatte ihn seine Mutter vor fünfzig Jahren verlassen. Es könnte aber auch sein, daß er wie so einige Kreuzberger noch bei seiner Mutter lebte. Vielleicht waren die beiden nur spazierengegangen, und der Sohn hatte so sehr getrödelt, daß er seine Mutter aus den Augen verloren hatte, und sein Rufen, das so herzzerreißend *lost in time & space* klang, hatte einen ganz konkreten Adressaten. Das ist aber unwahrscheinlich.

Frühlingserwachen (Lieber sterben mit Buzz)

Januar 2003

Manche Tage im Winter sind seltsam schön. Draußen ist zum Beispiel plötzlich Sonne, ein paar Vögel tschilpen am Rande, und für einen kurzen Moment fühlt man sich wieder wie ein Teenager und denkt an die Siebzigerjahre zurück, als man so 16 war. Damals pflegte man den ersten Wintertag, in dem schon ein paar Frühlingsandeutungen lagen, mit kleinen Ritualen zu begrüßen. Ein paar Sekunden blieb man stehen auf dem Bahndamm, machte die Augen zu, hielt das Gesicht in die Sonne und fuhr freihändig von der Schule zurück nach Hause. Dann kochte man grünen Tee, um den Helden der Romane von Jack Kerouac zu ähneln, die auch ständig grünen Tee tranken, legte eine Platte auf und setzte sich an das offene Fenster, in das gegen Mittag Sonne fiel. Die Eltern waren noch auf Arbeit, und die Mischung aus kalter Luft, warmer Sonne und lauter Musik stimmte einen sehnsüchtig. Eigentlich war alles, was man damals hörte, von früher. Deep Purple zum Beispiel, deren beste Platten zwischen 1968 und 1973 erschienen waren. Oder Jefferson Airplane, eine oft unterschätzte Psychedelicbeatgruppe. Komisch, wenn man solche Sachen heute hört: Manchmal findet man es unerträglich, wie Silvester, als Freunde plötzlich begannen, zu »Sex Machine« zu tanzen, dem allerschlimmsten Lied der Welt. Manchmal ist man auch sehr begeistert und hört noch einmal alle Platten durch. Dann versteht man überhaupt nicht mehr, wie es jemand für einen gelungenen Tod mit Distinktionsgewinn halten kann, mit Michael Jackson in einer Concorde abzustürzen. Dann schon lieber mit Grace Slick auf den billigen Plätzen in einer Buzz-Maschine!

Letzte Kugel

Februar 2007

Nach zehn Jahren war es die letzte Nacht in der Kahuna Lounge. Die hawaiiorientierte Kneipe in der Körtestraße mußte wegen der Miete schließen. Ich war vor einigen Jahren eher zufällig hierhergeraten, weil B. dort immer flipperte. Später gehörte ich auch irgendwie zum Inventar, zumindest des hinteren Raums, in dem der Flipper stand. Zuerst hieß er »Theatre of Magic«, dann »Mars Attacks« und die letzten Jahre »Medieval Madness«. Anfangs hatten wir meist gekifft, später getrunken. Gegen Ende war B. krankheitsbedingt wieder zum Haschgift gewechselt. Im Grunde genommen war die Kahuna Lounge meine erste Stammkneipe. Zuvor hatte ich Kneipen gemieden; aus Kostengründen und weil ich eigentlich gegen das Trinken bin. Nun, beim Abschiednehmen, war ich doch recht traurig. An den letzten Abenden waren all die unterschiedlichen Spezialisten noch einmal gekommen: die stilsicheren Türken, die bekifft immer Cola tranken; die zwei netten Hascher, die so gut wie sonst niemand Doppel spielten; der Captain und die anderen Meister des Spiels. Die Tage des Flipperns sind nun vorüber, der letzte Abend ging bis zum Morgen. Tische, Stühle, Bilder und die Dekodinge wurden versteigert. Gegen eins waren alle blau; um vier hatte man sich wieder nüchtern getrunken. Aus Protest oder wegen permanenter Überforderung wurde der Flipper gegen Morgen immer lauter. Am Ende sah alles sehr friedlich und melancholisch aus: Büffel, der Chef, schlief in seinem Hawaiihemd auf einem Stuhl, Olaf, der Meister, spielte die letzte Kugel. Wie die Letzten auf einem sinkenden Schiff hielten die Stammgäste und Betreiber noch am Tresen aus, als ich gegen neun ging.

Bonuswinter

März 2005

Manche halten es für ein Zeichen intellektueller Schwäche, politischer und sozialer Unzuverlässigkeit, an das zu denken, was sie umgibt. Das Wetter gilt als U-, Familie und Karriere dagegen als E-Kultur. Dieser seltsame Bonuswinter war perfekt schon ein paar Tage. Das lag auch an der Kleidung, in der man drinnen steckte: In dem dunkelblauen neuen Anorak, den ich bei Karstadt im Sonderangebot gekauft hatte, ein Produkt der Marke Reebok, deren Etikett ich früher gleich abgetrennt hätte, war dieser Schneeschauer, der am Nachmittag zwei

Stunden lang über Kreuzberg fiel, ganz wunderbar. Die Kapuze lag wärmend am Kopf, ohne für ihre Wärmeigenschaft gelobt werden zu wollen. Augen zu, Augen auf, dreimal tief einatmen, und die Schuhe waren ebenfalls super, auch wenn sie komisch aussahen. Am Rande war der Himmel über der Oranienstraße ein Stück aufgerissen. Schnee ist viel besser als starker Regen, weil man im Schneefall geradeaus gucken kann. Die nassen Flocken im Gesicht waren gut und erinnerten an Kindheit. Später am Abend, in diesem völlig überfüllten irischen Pub in der Friedrichstraße, guckten wir dieses sensationelle Champions-League-Spiel zwischen Chelsea und Barcelona. Daß es auf einem niederländischen Satellitensender gezeigt wurde, der Reporter also die ganze Zeit Holländisch redete, merkte ich erst nach einer halben Stunde. Nachdem der fußballkompetente Engländer neben uns erklärt hatte, er unterstütze Chelsea schon seit mehr als zehn Jahren, und gerade für ihn hier im Exil hätte das eine besondere Bedeutung, fanden wir das ganz okay. M., der, seit seiner Zeit in London, entschiedener Arsenal-Fan ist, hat's ja auch nicht einfach, so fantechnisch.

Mit fremden Augen

März 2004

Die letzten vier Jahre hatte er in London gelebt und war in Berlin noch nicht ganz heimisch geworden. Vieles schien ihm fremd. Meist trug er einen blauen Anorak und eine olivgrünweiße Wollmütze, die ihn etwas rastafarihaft und globalisierungskritisch aussehen ließ. Er sprach kaum Deutsch, und weil er so klein war, mußte ich mich oft zu ihm herunterbeugen. Gewöhnlich holte ich ihn am frühen Nachmittag bei seinem Laden in Mitte ab, und dann gingen wir spazieren. Wahrscheinlich sahen wir komisch aus, wenn wir hintereinander auf einem Bordstein balancierten. Wenn es schneite, stellte er sich in eine Ecke, und ich sollte ihn mit Schneebällen bewerfen. Manchmal standen wir auch nur einfach Stunden vor den Aquarien in der Lebensmittelabteilung von Lafayette. Vielleicht war er impulsneurotisch. Manchmal kletterte er jedenfalls plötzlich auf ein fast drei Meter hohes eisernes Tor auf unserem Weg und rief lachend von oben: »I am the tallest!« Und immer wieder fragte er: »Why?« Das war so sein Ding. Warum dies, wozu ist das. Bis ins Bodenlose, definitiv nicht mehr zu Beantwortende gingen seine Fragen. Diese Röhren, die aus den meisten Geschäftshäusern in der Friedrichstraße ragten, hatten seine Aufmerksamkeit an einem Nachmittag besonders gefesselt, vielleicht auch, weil sie in seiner Augenhöhe waren. An diese Röhren werden die Schläuche der Feuerwehrautos angeschlossen, wenn's hier mal brennt, erklärte ich ihm in einem Kauderwelsch aus »Schlauch« und »firebrigade« und kam mir dabei blöd vor. Unsere Nachmittage endeten gewöhnlich in seiner Wohnung. Während ich mir einen Tee machte, backte er Kuchen aus Sand und Spülmittel.

Zu den Texten

Eine Kammer links unten, unaufgeräumt

Es war Gerrit Bartels, der 2001 die »Berliner Szenen« erfunden hat. Harald Fricke schrieb die erste, und Susanne Messmer rief mich oft an und fragte, ob ich eine schreiben wolle. Die drei waren damals Kulturredakteure der *taz*, und später kam dann Cornelius Tittel mit seinem rosa Carl-Craig-T-Shirt und drängelte mich häufig, eine »Szene« zu schreiben.

Die Vorgaben waren vor allem formal: 1800 Zeichen in einem Kasten links unten auf der Seite der Berlin-Kultur. 1800 Zeichen sind zwei Drittel eines kleinen Artikels. Die Szenen sollten ein Alltagsfenster sein mit kleinen Beobachtungen, »Miniaturen«, wie vornehm gesagt wird, die von unterschiedlichen Autoren unterschiedlich zu gestalten wären.

Ein ähnliches Format entstand wenig später in den Berliner Seiten der *FAZ*, allerdings mit engen Vorgaben: »Der Autor ist ein Aufzeichnungsapparat, der keine Meinung beisteuert und kein Wissen«, hieß es in den Anweisungen, die die *FAZ* ihren Autoren mitgab. Das mit dem »Aufzeichnungsapparat« – so zu tun, als ob der Schreibende eine neutrale Maschine sei – kam mir affektiert und posenhaft vor. Das von einigen Lesebühnenautoren gern betriebene fröhliche Absuchen des eigenen Lebens nach kleinen pointierten Ich-Geschichten fand ich aber auch doof.

Einige Jahre haßte ich Pointen. Der technische Vorgang der Pointierung kam mir wie Verrat am Darzustellenden vor. Ein Verrat, der sich allerdings nicht vermeiden läßt: Jeder Text endet mit einem letzten Satz, und irgendwie muß man ja aus dem Text rauskommen. Aber trotzdem.

Ich fühlte mich als Dokumentarist. Ich war irgendwo und schrieb dann was auf. Alles sollte wirklich und nichts erfunden sein. Das hieß nicht, daß das Ich des Textes immer mit mir identisch war, daß Freund A nicht in echt auch Freundin B sein konnte oder daß da tatsächlich am Bett auch ein Jägermeister gestanden hat. Aber ausgedacht ist nichts.

Ich fand es schön, daß die Texte zwischen klassischen Kulturtexten, Rezensionen etc. standen – halb versteckt im Kulturteil des Lokalteils einer politischen Tageszeitung – und aktuell erschienen. Sie waren für mich kein literarisches, sondern ein tagesaktuelles Genre. Literatur war für mich, wie für viele aus meiner Generation, lange eher ein Schimpfwort gewesen. Das klang schon so völlig blöd, affektiert und wichtigtuerisch. Musik dagegen war okay. So leicht größenwahnsinnig stellte ich mir manchmal vor, daß die Szenen Singles seien.

Die Zeitung ist vieles; auch ein Haus, in das der Leser tritt. Die meisten Zimmer sind groß, übersichtlich, ordentlich. Irgendwo im dritten Stock, in dem die Räume schon etwas niedriger sind, gibt es eine kleine unaufgeräumte Kammer mit Fenstern, durch die es ein bißchen zieht. Diese Kammer sieht unterschiedlich aus, je nach Tages- oder Jahreszeit. In Schubladen und auf dem Boden liegen Papiere herum. Kleine Nachrichten. Szenen. Ich hatte zwischen 2001 und 2007 vielleicht 160 geschrieben. Manche wurden eher wie Minireportagen, andere ein bißchen lyrisch. Weil es darum ging, eine Alltagsnormalität abzubilden, die nicht nur meine eigene war, sollten die Zusammenhänge, in denen manche dieser Texte standen, auch Orte oder Personen, diffus bleiben. Die Texte sollten Spotlights sein mit Anschlußmöglichkeiten für sympathische Leser.

Das Problem beim Schreiben ist die Verwertung. Verwertung nicht in dem Sinne, daß man Texte verkauft, sondern, daß man Menschen, die einem begegnen, zu Text macht. Bei manchen Szenen überlegte ich lange, ob das okay ist; andere verwarf ich ganz. Es geschah aber nur selten, daß sich jemand verraten fühlte. Manche fanden es auch super, sich in einer Szene als Anderer wiederzubegegnen.

Manche Texte kommen mir inzwischen ein bißchen fremd vor; andere sind mir immer noch sehr nah, und ich freue mich, daß ich sie ganz genau so geschrieben habe. Oft denke ich an den verstorbenen Freund und *taz*-Kollegen Harald Fricke, der das, was Ballast und falsch gewesen war in manchen Szenen, entfernt hatte. Harald moderierte auch die Veranstaltung im *taz*-Café im Frühjahr 2006, auf der ich mit anderen Autoren zum ersten Mal aus den Szenen vorlas.

In der einen oder anderen Weise waren an dem Buch beteiligt: Susanne Messmer, Cornelius Tittel, Gerrit Bartels, Harald Fricke, Kirsten Riesselmann, Karsten Kredel; Mathias, Büffel, Petra, Bruno, Hase, Michael, Ralf, Senija, Harry, Stephanie, Sandra, Friedrich, Gabi, Gunnar, Jane, Frieder, Katja, Manfred, Nina, Patrick, Alex und andere, deren Namen ich nicht weiß.

Detlef Kuhlbrodt, August 2007

Der Großteil der Texte in diesem Buch erschien erstmals zwischen 2001 und 2007 in dieser oder anderer Form im Berlin-Teil der *tageszeitung*.

Wolfgang Müller

Neues von der Elfenfront

Die Wahrheit über Island
edition suhrkamp 2511
306 Seiten

Warum fehlte Island auf den ersten Euro-Scheinen? Wer hat den Staren von Reykjavík Kurt Schwitters' »Ursonate« beigebracht? Und stimmt es, daß ein isländischer Transsexueller nach der Operation vom Mann zur Frau sofort den weiblichen, geringeren Tariflohn erhalten hat? In 66 Stichworten hinterfragt Wolfgang Müller die Klischeebilder von Island und verrät, was es dort abseits ausgetretener Touristenpfade zu entdecken gibt: sei es die nördlichste Pizzeria der Welt, die größte Schönheitsköniginnen- und Nobelpreisträgerdichte oder die Einsicht, daß sich die Deutschen auf Island zu allen Zeiten selbst gesucht haben und daß, wer anders auf die Insel blickt, auch Deutschland anders wahrnimmt: Elfenspuren etwa finden sich, wenn man sie lesen kann, auch in Berlin ...

Wolfgang Müller, geb. 1957, versammelte Anfang der 80er Jahre die »Genialen Dilletanten«, leitete die Band *Die Tödliche Doris* und führte das Reykjavíker Goethe-Institut nach dessen Schließung 1998 als Präsident der Walther-von-Goethe-Foundation privat weiter. Er lebt als Autor, Musiker und Künstler in Berlin.

NF 370/1/9.07